嘘つきな満月

神奈木　智

幻冬舎ルチル文庫

CONTENTS ✦目次✦

嘘つきな満月

嘘つきな満月……5
すれ違いの満月……241
あとがき……248

✦カバーデザイン＝chiaki-k
✦ブックデザイン＝まるか工房

イラスト・しのだまさき✦

嘘つきな満月

◆◆◆　プロローグ　◆◆◆

辛《つら》いことや悲しいことなんて、今までいくらでも経験してきた。

だから今回だって平気なんだと抄《しょう》は呟《つぶや》き、実際に顔色一つ変えずに手紙を読み続けた。

『惚《ほ》れた女を追いかけて家を出ます。俺の分も、親父たちをよろしく頼む。お前が思いっきり甘えてやるのが何よりの親孝行だ。酒も煙草《たばこ》も教えてやれなくて残念だけど、どのみちおまえには似合わないよな。悪い兄を持ったと思って、一日も早く忘れるように』

手紙――というよりメモに近い――は、破り取られた英語の教科書の余白に汚い字で走り書きされ、無造作に机の上に置かれていた。

五つ年上の兄とは同じ部屋に起居していたが、高校に入った途端バイトに明け暮れ始めた彼とはあまり顔を合わせる機会がなく、抄にとって兄の潤《じゅん》はずっと謎に満ちた人だった。だから、「忘れるように」と言われても、忘れるほどの何かを知っていたわけではないと、漠然とした不満が心に湧《わ》いてくる。そういうチャンスを与えてくれないまま、兄は女性を追って出奔《しゅっぽん》したのだ。

破られたページは、もう学校に戻るつもりはないという意思表示なのだろうか。

四月生まれの潤は早々に十八歳の誕生日を迎えていたが、学校生活は後十ヵ月以上も残されているのに、教科書は見るも無残な有様になっている。それとも、初めから真面目《まじめ》に通ってはいなかったのかもしれない。要領のいい彼は学校の内外を問わず友人が多く、試験でも良い成績を取っていたようだが、部屋で勉強している姿を見たことがなかった。

「……あれ？」

気まぐれに紙をひっくり返してみた抄は、そこにも見慣れた文字が書きつけてあることに気がつき、ドキンと胸を高鳴らせる。目に飛び込んできた『ＰＳ』という単語に、無意識に視線が引き寄せられていった。

「Ｐ……Ｓ……顔にだけは……」

『顔にだけは、何があっても傷をつけないように』

そこには、一際丁寧な文字で短くそんな言葉が並んでいる。

「顔って……なんなんだよ、これ……」

思わず、声が出た。

こんな深刻な事態において、よりによって最後の言葉がこれか。そう思うと、呆《あき》れるやら頭にくるやらで、段々冷静な気持ちではいられなくなってきた。

確かに、潤は抄の顔がお気に入りだったらしい。たまに話をすれば「顔を大事にしろ、顔を」とうるさく言ったり、「ほらほら、笑ってみ」などと笑顔を強制したりしてきた。だが、冗談が得意ではない抄は上手《うま》くかわすことが出来ずに、彼の前では殊更仏頂面になっていたように思う。そんな表情ですら潤は「よしよし」と満足げに眺めたりするのだが、抄にとっては血の繋《つな》がらない家族の中で、特に浮いてしまう自分の容貌は正直言って恨めしかった。

『おまえは綺麗《きれい》なんだから、誰にも似てなくて良かったんだよ』

まるでいじけた心を見透かすように、潤はよくそう言ったものだ。会話らしい会話を交わさなくても不思議とこちらの気持ちが読めるらしく、温かな手のひらを抄の小さな頭の上に乗せて、飽きることなく撫《な》で続けることもあった。

その兄が、自分を捨てて家出してしまった。

「……嘘つき」

唇から、ポツリと言葉が零《こぼ》れ出る。

「チーズムース、作ってくれるって言ったじゃないか」

ようやく、現実に感情が追いついてきたようだ。抄は僅《わず》かに顔を歪《ゆが》め、泣くまいと努力をしながら潤の残していった言葉を耳に蘇《よみがえ》らせていた。

自分たちの住む家は小さなホテルを営んでおり、一階には父が料理人を務めるレストランが併設されている。潤は将来そこの厨房に入る予定で高校の傍ら夜間の料理学校にも通っていたのだが、そこにバイトまで重なると本当に忙しそうで、滅多に家族と食卓を囲む機会がなかった。その彼が抄がチーズを無理して食べていると気づき、冷やかしを含んだ声で、ある日こっそり耳打ちしてきたのだ。

『なんだよ、おまえチーズ嫌いだったのかぁ？　なら、今度イタリアのお菓子で美味《うま》いのを作ってやるよ。リコッタっていうチーズを使ったムース、知ってるか？』

『知らない』

『あ、そ。まぁいいさ。知らなくても死にゃしねぇ。とにかく、その出来上がったムースにはちみつとくるみとメイプルシロップのソースをかけるんだ。美味そうだろ？　甘さは少し調節して、うんと食べやすくしてやるから』

『お菓子だなんて……僕、そんな年じゃないよ』

『おっ？　いかにも、十三のガキが言いそうなセリフだな』

彼は愛しそうに抄のさらさらの髪を撫でると、「この髪、もっと長けりゃいいのになぁ」と独り言のように呟いた。その声の響きを、今も抄はよく覚えている。

三年前に引き取ってくれた義理の両親の手前、抄は努めていい子であり続け、好き嫌いも見せずになんでもよく食べた。その演技は完璧だった筈《はず》だ。それなのに、潤は抄の瞳にためらいの色が浮かぶのを見逃さなかったし、両親の前で暴露するような暴挙にも出なかった。

『たまに家族でメシ食うのも、悪くないもんだ。普段は取り澄ました抄が、目を白黒させるところを見られたもんな』

潤はそんなセリフをうそぶいて、ニヤリと共犯者のように笑った。

「それなのに……全部、捨てて。放り出して」

いつの間にか、潤の置き手紙は手の中でくしゃくしゃになっている。だが、抄はそれすら意識せずに、陽《ひ》の暮れた部屋にいつまでもジッと佇《たたず》んでいた。

桜が終わって花見を目当てに集まってきたお客もいなくなり、今は束の間の静けさがホテル全体を包んでいる。遠くから聞こえてくるのは、三歳と七歳の幼い弟たちがはしゃいでいる声だけだ。間もなく、母親が夕食の支度が出来たと子どもたちを呼ぶだろう。

(それまでに、なんとか上手く話をまとめなくちゃ……)

抄は、悲壮な面持ちで覚悟を決めた。長男の家出の理由を「女を追いかけて」とは言えないし、「親に甘えてやれ」なんて置き手紙を見せるのはもっての外だ。それに二人の弟を含めた四人の兄弟の中で、両親の実子はいなくなった潤だけだった。

(どうしよう……。父さんと母さんに、なんて言おう)

しばらく途方に暮れていたが、抄はやがて机の引き出しを開けるとおもむろに一冊のノートを取り出してみる。そのまま無言でパラパラとノートをめくってから、いきなり数ページを力まかせに引き裂き始めた。瞳に浮かんだ憂いの色は潤が誉《ほ》めそやした美貌を一層際立たせたが、年相応の無邪気さはとうに表情から失われている。そうして、抄は何かを断ち切るように黙々とページを破り続けた。

引き裂いた紙をゴミ箱へ捨てると、ようやく長い溜《た》め息をつく。しわくちゃになった潤の手紙をノートの残がいに挟み込むと、抄は再び引き出しの中へそれを滑り込ませた。

多分、あのノートは二度と開かれることはないだろう。

そんな苦い予感を胸に、バラバラにした文字の残像を追ってそっと瞼《まぶた》を閉じる。兄はもう手の届かない存在になってしまったんだ、二度と会うこともないだろうと己へ言い聞かせ、諦《あきら》めることで悲しみからの支配を拒もうとした。

「抄、裕《ゆう》、茗《めい》。三人とも、ご飯が出来たわよ」

潤がいないのはいつものことなので、階下から聞こえる母親の声は普段とどこも変わりがない。抄は深く息を吸い込むと、それをゆっくり吐き出しながら、「何もかも夢だったらいいのに」と願った。それは早くに実の両親を失い、楽天的な夢想など一度も抱《いだ》いたことのない自分が初めて抱いた願いだったが、叶《かな》うわけなどないこともよくわかっていた。

「どうしたの、抄。皆、揃《そろ》っているのよ。早くいらっしゃい」

「うん。今、行きます」

形ばかりの返事をして、そろそろと抄は瞳を開く。

世界は何も変わっておらず、癖《くせ》のある兄の意味深な笑顔もやはりどこにもなかった。


その夜を境にして、小泉《こいずみ》家では潤の話題は出なくなった。

家出を知った両親は初めこそ慌てていたが、もともと独立心旺盛な我が子にどこか達観しているところがあって、「とりあえず犯罪さえ犯さなければいい」と極端な理解を選んだようだ。また、裕と茗の二人の弟たちは、いつもは穏やかで優しい二番目の兄が長男の名前を出すと露骨に嫌な顔をするため、自然と潤を恋しがらなくなった。

そうして。

両親が不慮の事故で亡くなるまでの十年間、潤の存在はまったくいないも同然だった。いつしか兄弟たちは最初から三人だったんだという感覚になり、血の繋がりはなくても家族は平和に暮らし続ける。予想通り抄は二度とノートを開くことはなかったし、ホテルの経理や経営を学ぶのに忙しい日々を送るうち、全ては遠い過去へと消え去るような気がしていた。

だが、両親の遺品を整理した夜、抄はそれが間違いだったことを知った。

「これは……――」

懐かしい文字、古びた消印の切手、数通ずつ束にされた手紙《エアメイル》たち。

それらは、潤が海外から両親にあてて出したものだった。彼らが定期的に連絡を取っていた事実を初めて知り、今までまったく気がつかなかった自分がひどく滑稽《こっけい》に思えてくる。

「薄情な置き手紙だけで、僕にはハガキ一枚だってくれなかったくせに」

真っ先に胸に浮かんだその言葉が、抄を切なく悲しい気持ちにさせた。

中身を確かめる気力もなく、急いで手紙を元あった場所へしまい込む。潤がどこで何をしているのか、その傍らにどんな女性が微笑《ほほえ》んでいるのか、何一つ知りたくなんてなかった。

もしも知ってしまったら、自分は取り返しのつかない行動に出てしまいそうな気がした。

「二度と関わりのない人なんだ。僕には、もう関係ないんだから……」

何度もそうくり返し、消えない面影を消し去ろうとする。明日には、弟たちと孤児となった自分たちの身の振り方について相談をしなければならない。音信不通を装って、いつまでも帰ってこない兄の安否を気遣っているヒマなどないのだ。

しかし。

皮肉にも、運命は抄の努力をいとも簡単に無にしてくれたのだった——。

◆◆◆　1　◆◆◆

「やっぱり……ちょっと無理みたいだな……」

深々と溜め息を漏らし、抄は真剣な眼差《まなざ》しでパソコンの画面を見つめる。だが、いくら時間をかけて眺めようが深刻な事態に変化が訪れるわけではなかった。

傍らには、昼食で食べかけたままの皿が置かれている。冷たくしたリガトーニにツナマヨネーズのソースを絡めた一品は確かに美味だったが、画面に浮かぶスケジュール表を見ていたら食欲などすっかり失《う》せてしまった。

「とにかく、何か早急に手を打たないと」

「お〜い、抄兄ちゃん。ハガキ来てたぜ、イタリアの裕兄ちゃんから」

「え……？」

ノックと同時にドアが開き、末っ子の茗が顔を覗《のぞ》かせる。その手には、ひらひらとポストカードが揺れていた。今年高校に上がったばかりの彼はますます身長が伸び、今では百八十近くまで成長している。目の輝きは一際強いものになり、表情にも大人びた雰囲気が出てきたため、生来の男前な容貌にますます磨きがかかってきた。

その彼がいつものようにズカズカと部屋へ踏み込んでこず、困った様子で小首を傾《かし》げながらこちらを見つめている。恐らく、三男の裕の真似をしているのだろう。無骨な男兄弟の中で、裕には抄とはまた別の意味で可憐な存在感があった。

「……こら。ふざけていないで、早く見せてください。裕くん、元気そうですか？」

「そりゃあ、元気に決まってるさ。愛しの浩明《ひろあき》さんと、べったり二人っきりで旅行だぜ？　しかも大学は夏休みときてる。なぁ、なんで大学生って九月も夏休みなのかな？」

「さぁ……。僕は大学には進学しなかったので……」

生真面目な返事をしつつ、抄は微笑んでハガキを受け取る。美しい模様のタイルが数千枚と埋め込まれている、壮大な階段の写真が興味深かった。

「いいよなぁ。金貰《もら》って外国に行けるなんて、最高だよな」

「どうやら、撮影旅行は順調なようですね。真夏にシチリアを回るのは、体力的にちょっと心配していたんですけれど。今、カルタジローネにいると書いてありますよ」

「聞いたこともないよ、そんな街」

どうやら茗の頭は観光地よりも、裕が関わっているプロジェクトへの興味でいっぱいのようだ。二年間、浩明は公私共に裕を撮り続けてきたが、とうとうスポンサーがついて写真集を出版することに決まり、二人はその撮影を兼ねて旅行に出ているのだった。

「……急な話なんで、僕も驚きましたけどね。裕くんも最初は写真集なんてって及び腰でしたけど、海外を飛び回る浩明さんとは離れていることが多いし、こういう機会でもないとなかなか一緒にはいられないでしょうから」

「俺たち、ホント理解ある家族だよなぁ。そう思わない？」

もちろん、茗の言葉は裕と浩明が同性の恋人同士であるという事実を指している。こればかりは、両親の目がなくて幸運だったと抄も思わざるを得なかった。内気な裕は『写真集』という単語に拒否反応を示したが、それを説得したのが他の兄弟たちだったのだ。

しかし、現在そのことが重大な問題となっているのも事実だ。裕が旅行に出ると決まった時から想像はしていたが、なんとかなるだろうと高を括《くく》っていたのがまずかった。

とにかく、忙しいのだ。

部屋数が五部屋しかないホテルにしては、あるまじき数の予約や問い合わせが殺到している。それもこれも、浩明が発表する写真が功を奏した結果だった。

カメラマンの松浦《まつうら》浩明は、元々『小泉館』の客だった。運河の多い静かな街の佇まいを気に入り、潰《つぶ》れかけたホテルに滞在するうちに当時高校生だった裕と恋に落ちたのだ。そうして、彼はこの街や裕をモチーフにたくさんの写真を撮り続けた。それが個展や雑誌の誌面を通して評判を呼び、インターネットに写真の舞台が青駒《あおこま》市で『小泉館』というホテルだと情報が流れるや否や『小泉館』のホームページはアクセス数が急増した。

「来週から一ヵ月間は、ほとんど満室状態なんですよ。こんなこと、父さんたちが亡くなった時には想像もしていませんでした。まぁ、喜ばしいことなんでしょうが……」

「しょうがないじゃん。こうなったら、なんとか俺と抄兄ちゃんとでさ」

「それは、いけません」

凛《りん》とした声音で、抄は茗の能天気なセリフを遮った。

「茗くんには、部活があります。せっかく一年でベンチ入りしたんですから、ここは頑張らないと。あの学校は、バスケが有名ですからね。生半可な気持ちじゃ続きませんよ」

「生半可な……って……ああ、そういや抄兄ちゃんの母校だもんな。だけどさ、いくらなんでもホテルの仕事を抄兄ちゃん一人でこなすのは無理だと思うよ。五部屋が全部埋まってるとしたら、仮に裕兄ちゃんがいたってやっとじゃないか」

「茗くんは、心配しないように。一人で無理だったら、潤さんに手伝ってもらいますから」

「潤兄ちゃんに？　部屋の清掃や客の案内を？」

「ええ」

「あの潤兄ちゃんに……ねぇ……」

長男の名前を耳にした途端、茗は複雑な顔になる。彼はちらりと半分以上残った昼食の皿に目をやると、機嫌を窺《うかが》うように抄を見返してきた。

「食わなかったの？　すっげぇ、美味かったのに」

「わ、わざとじゃありませんよ。忙しくて食べる時間がなくて……そうしたら食欲が……」

「ふぅん？」

「…………」

「ま、とにかく俺は抄兄ちゃんと潤兄ちゃんが一緒に仕事するのは賛成しかねるな。もちろん、潤兄ちゃんは要領よく仕事するだろうけどさ。でも、絶対二人が揃うとケンカになるだろう？　客の前で口論された日には、フォローのしようがないからなぁ」

「ケンカなんて……」

しないと言いかけた唇が、茗の真《ま》っ直《す》ぐな視線に躊躇《ちゅうちょ》する。正直なところ、抄にも「絶対に」とは断言出来なかったからだ。それに、これまでにも幾度となく潤に食ってかかっている姿を茗に見せているので、今更そんなセリフは白々しいだけだろう。

「うん、ケンカっていうより、抄兄ちゃんが一方的に怒ってるだけだよな」

気まずく抄が黙ってしまったので、茗はやや表情を和らげて言い直した。

「でも、今は潤兄ちゃんが厨房、抄兄ちゃんが経理と接客をそれぞれ担当しているから上手くいっているんだと思うんだよね。俺、このスタイルは守った方がいいと思うよ」

「でも、それじゃ人手が……。エマちゃんだって、ウエイトレスで手いっぱいですし」

「まぁなぁ。こうなってみると、裕兄ちゃんってマジで働き者なんだよな。やっぱ、一ヵ月以上も留守にされると大変だ。浩明さんも、罪な男だよなぁ」

「……茗くん」

ふざけた意見を軽くたしなめ、しかし茗の言うこともっともだと抄は溜め息をつく。予約の対応から客室の清掃、備品の補充や接客など細かい仕事はキリがなく、しかもホテルが満室になれば併設されているレストランも当然混雑するので、そちらの手伝いだってしなくてはならない。これが何日も続くとなったら、とても自分一人では無理だった。

「どのみち、俺たちだけじゃ決められないしさ。潤兄ちゃんにも、相談した方がいいよ」

「そう……ですね……」

潤に意見を求めるのは悔しかったが、この際そんなことも言っていられないだろう。

だが、潤が家出していた十年間ホテルと家族を守ってきた自負があるだけに、彼を頼らなくてはならないのは正直不本意だった。確かに潤は飄々《ひょうひょう》としている割に頭が切れるし、両親が亡くなった際にホテルを存続出来たのも、彼の料理の腕が一流だったからだ。しかし、十年の空白をまるきり無視してすんなり家族の一員に収まってしまった事実を、抄はどこか許せない気持ちでいるのだった。

「抄兄ちゃん？」

「あ、すみません。なんですか？」

「あのさ、手伝いが必要ならマジで言ってくれよな。学校も大事だけど、ここは俺の家でもあるんだから。そしたら、手伝うのは当然だろ？」

「……ありがとう、茗くん」

言動はぶっきらぼうだが、末っ子なりに力になろうとしてくれている気持ちが嬉《うれ》しい。

外見はすっかり育ってしまったが、やっぱり可愛いな……と抄はほのぼのと思った。

ランチタイムが終わると、レストランにも束の間の休息がやってくる。

潤がディナーの仕込みを始めるまでには少し時間があるので、今の内に話をしてしまおうと抄は決め、四階の自室を出るなり早足で階段を下りていった。

今日はレストランを利用する客がいるだけで、『小泉館』に宿泊客は一人もいない。だが、数日もすれば狭いロビーにも人が行き来し、ホテル全体が活気づくことだろう。

（それはそれで、充分に有難いことなんだけれど……）

ふと、ロビーの古びたソファで心地よさそうに昼寝をしている飼い猫のマウスが視界に入り、平和なのも今だけなんだよと心で話しかけてみる。抄の憂いが通じたのか、マウスは突然大きな欠伸《あくび》をすると「ミャオ」と寝ぼけた鳴き声を漏らした。

「あら、抄さん。難しい顔して、どうしたの？」

レストランへ足を踏み入れた途端、静まり返った空間に不似合いなちゃきちゃきした声に出迎えられる。近所に住む幼馴染《おさなな じ》みのエマは、ウエイトレスとして二年間、安い時給にもめげずによく働いてくれているホテルのスタッフだ。当初は鮮やかなストロベリーだった髪の色も今はショートのプラチナブロンドとなって、青駒のパンク精神を一人で背負う活きのいい美女に成長していた。

「こんにちは、エマちゃん。いつもご苦労さまです。あの……」

「いないよ、潤さんなら」

「いない？」

「そっ。ランチが終わるなり、あたしに後片付け押しつけて出ていっちゃった。大方、どこぞの女にでも惚れ込んで密会してるんじゃないのぉ？」

「……また、ですか……」

気負い込んで来ただけに、なんだか肩透かしを食らった気分だ。抄は手近の椅子に腰を下ろすと、エマの手前ごく控えめに吐息をついた。

「最近は、潤さんを捕まえるのも至難の業になってきました」

潤が女性と浮名を流すのは毎度のことで、大抵は長続きせずにいつの間にか相手が変わっていたりするのだが、今度の相手にはかなりご執心のようだ。休憩時間に姿が見えないのも今日に限ったことではなく、その度に後片付けを一人で押しつけられているエマは今もぷりぷりと怒っている。

「今年から、土曜日も営業することにしたじゃない？　定休日がなくなっちゃったから、昼休みになると小マメに出ていくのよね。一回くらい尾行でもしてやろうかって思うけど、仕事が残ってるとそうもいかないし。ねぇ、今日土曜日でしょう？　昔みたいに、夜から休みにしちゃおうよ。やっぱり、一日も休みがないなんて不健全だって」

「すみません……」

「イ、イヤだなぁ。抄さんてば、深刻な顔して謝らないでよっ」

冗談が通じなかったエマは、決まり悪そうな顔をすると手早くテーブルの食器を厨房へ運び始めた。だが、抄にしてみれば笑い事では済まされないくらい、常々彼女には申し訳ないと思っていたのだ。週に二回の休みはあるが、人手不足を承知している気の好《よ》いエマは可能な限り出勤してくれている。それがわかっているだけに、抄には少し辛い冗談だった。

（まったく……今は、恋愛どころじゃないっていうのに……）

エマを手伝って残りの食器をさげながら、またしても潤を恨めしく思う。

例えば裕のように本気で相手を愛しているのなら、多少勝手な振る舞いがあっても仕方がないかと大目に見ることも出来る。しかし、潤の場合は本気なのか遊びなのか、傍《はた》で見ていてもよくわからないのだ。彼の摑《つか》み所のなさは昔からのもので、熱心に逢瀬を重ねているなら本気の相手かと尋ねれば、きっとにこやかな笑顔で「どうかなぁ」とヌケヌケ返してくるに違いない。

「……あの人ってさ、天才的だよね」

並んで流しに立って洗い物をしていたら、不意にフキンを手にしたエマが呟いた。

「あの人って……潤さんですか？」

「うん、そう。他人を煙に巻くの、ほんっと上手くない？」

「そうですね……」

「時々ね、思いっきり張り倒してやりたくなる時があんの。これといった理由はないんだけど、あんまり自由に生きてるから、羨《うらや》ましいを通り越して憎らしくなっちゃうのよ」

話している間に熱が入ってきたのか、エマは手にした皿を音が出るほど力強く磨き立てる。抄はそんな彼女の様子を横目で見ながら、まったくその通りだと心の底から頷《うなず》いた。

「なんかねぇ……悔しいのは、潤さんって自分がズルイって自覚がちゃんとあるとこなのよね。例えば、昼休みに色ボケで消えてごめんね……とか自分で言っちゃうし。でも、それっていかにも口先だけなのよ。しかも、口先だけで本当はちっとも悪いとは思っていないんだよってとこまで、上手い具合にあたしに悟らせるの。そんで、あたしにそれを許させるんだもん。なんか、許さざるを得ない心境にさせるのよね。ホント、めちゃくちゃ性質《たち》が悪い男だと思うよ。あたし、絶対にあいつにだけは惚れないわっ」

「エ、エマちゃん……」

「いや、マジで。苦労するの、目に見えてるじゃない」

そうでしょ、と目線で問いかけられ、抄も迂闊《うかつ》なことは言えなくなってしまう。それを見たエマは同志を得たとばかりに、嬉しそうに突っ込んできた。

「ほぅら、やっぱり抄さんも同じ意見なんじゃない」

「……確かに、家出していた十年で、あの性格にはずいぶん磨きがかかってますね。僕も、正直に言えば彼の顔を見るとわけもなくムッとしてしまって、ついケンカ腰になってしまうんです。なんていうか……油断したら足をすくわれるような気持ちになっちゃって……。さっきも、茗に叱《しか》られました。くれぐれも、お客の前ではケンカしないでくれって」

「茗くん、潤さんのことかなり尊敬してるもんね。血は繋がってなくても、雰囲気とか最近すごく似てきたし。あれ、やっぱり影響されてるんだろうなぁ。ホント、罪作りだよねぇ」

しみじみとした口調だったが、決して事態を嘆いているようには響いてこない。なんだかんだ文句を言いつつも、結局はエマも潤を本気で嫌いにはなれないのだ。「罪作り」の一言が、そんな彼女の気持ちを雄弁に物語っていた。

実は、抄が「困ったな」と思うのも潤のそういう点にある。

いいように周囲を振り回すので、口では皆が悪態をついている。それにも拘《かかわ》らず、実際に彼を嫌う人間はいないのだ。そうでなくて十年間放ったらかしにされていた弟たちが、いくらホテルの存続がかかっていたとはいえ、抵抗もなく潤の帰宅を受け入れるわけがない。

「でも、僕は違いますから」

気がついたら、そう声に出していた。

「僕だけは、絶対に潤さんのペースにまるめ込まれたりしませんせん」

「まぁ、そうよね。抄さんならね」

さして期待している風でもなく、エマは軽く受け流す。だが、蛇口を力いっぱい締め、洗い物を終えた抄は、まるで自分自身へ言い聞かせるように同じセリフを口にした。

「絶対に、です。まるめ込まれたりしませんから」

同じ相手に、二度も心を許すほど優しくは生まれついていない。

続けてそう言いたいところをかろうじて堪《こら》え、濡《ぬ》れた手を手早くフキンで拭《ふ》き取った。


小泉家の四兄弟が経営する『小泉館』は、都心から少し離れた運河の街にある。

すずかけの群生の向こうに海を望む風雅な駅を挟んで、街は埋め立て地に作られたオフィス街と旧市街の住宅地に分けられ、『小泉館』は運河が縦横無尽に流れる住宅街に位置していた。近所に商売敵《がたき》がいない代わりに客も滅多に訪れることはなく、一階に併設されているイタリアンレストランが収入のメインとなっているのが現状だ。ここで腕を振るっているのが長男の潤であり、定員二十人のフロアを常に賑《にぎ》わせている名シェフだった。

(確かに、料理の腕前に文句はありません。だけど……)

昼食のリガトーニを思い出し、食べ残したことを抄は少し後悔する。潤は一流の料理人となって、両親を事故で亡くしたばかりの抄たちの元へ帰ってきた。おまけに、ホテルの閉館を覚悟していた抄へ「ランチで客を呼ぼう」と提案し、あまつさえ客第一号まで連れてきて（それが浩明だったのだが）、『小泉館』はかろうじて危機を脱したのだ。

そういった経緯がある以上、どんな不義理を働いていたとしても潤は『小泉館』にとっては救いの神になる。以前、裕がそんなセリフを彼に言ったら、お得意の不敵な笑顔で「じゃあ、これから朝晩俺のことを拝みなさい」と返していた。

そんな悪びれない長男が戻ってきてから、すでに二年が過ぎている。裕は大学生、茗は高校生となり、男所帯の小泉家の生活もだいぶ落ち着いてきたかに思えたのだが——。

（……こんな予約数、きっと『小泉館』始まって以来ですよ……）

東京で開かれた浩明の個展が、そこそこの評判を取って終了したばかりだ。恐らく、客が集中するのもせいぜい一ヵ月がヤマだと予測はつくが、それにしても頭が痛い。

結局、潤と相談することが出来なかったので、仕方なくフロント代わりの古びたライティングデスクへ向かうと、机に手をついたままハァ……と本日何度目かの溜め息をついた。

「ミャウ」

「あ、マウス。もう昼寝は飽きたのか？」

抄の登場を待ってたとばかりに、マウスが足元に擦り寄ってくる。今年で四歳を迎える男盛りの彼はたおやかな抄が大のお気に入りで、反対に新参者の潤には決してなつかない。

「よしよし。僕の味方は、おまえだけだよ……」

心弱い独り言を漏らして、ひょいとマウスを抱き上げた時、正面玄関の扉がゆっくりと開いた。年月を感じさせる軋《きし》み音につられて、マウスと抄が同時にそちらを見つめる。

「あ……」

晩夏の匂いを含んだ風がひんやりとしたロビーに溶け込み、次いで潤が視界に現れた。薄いグレーの麻のシャツとヴィンテージデニムの出《い》で立ちは、外見の若さを除いても三十男にはとても見えない。だが、かといって童顔なのかと言われればそうではなく、彼から発する空気や雰囲気はむしろ実年齢よりも貫禄があると言っても良かった。

ところが。

「あら」

最初のとぼけた一言で、たちまち貫禄など微塵《みじん》も消えてなくなる。

潤は、こうして自在に自分の持つ空気を操れる男だった。

「猫と美青年か。いいねぇ、絵になるねぇ」

「潤さん、どこに行っていたんですか。エマちゃん、怒っていましたよ」

「おまえね、人が冷やかしてるんだから、なんかリアクションしろよ。第一、まずは〝お帰りなさい〟だろ、ほら、言ってみ。にっこり微笑んで、〝お帰りなさい〟だ」

「そんなこと、どうだっていいんです。僕は、相談が……」

「相談より先に、〝お帰りなさい〟。言わなきゃ、おまえの相談は聞かない」

「な、何、子どもみたいなこと言ってんですかっ。それどころじゃないんですよっ」

「おまえなぁ、そんな態度じゃ良き人妻とはいえないぞ」

「誰が人妻ですかっ！」

思わず大声を出したため、マウスが驚いて腕から飛び降りる。潤は楽しそうに瞳を細め、抄の表情から何かを探り出そうとするかのようにジッと目線を据えてきた。

「な……なんですか……」

「いや、今日も綺麗だなぁと思って」

「………」

潤の言葉を額面通りに受け取ってはいけないとわかっていても、これが弟に向ける言葉かと思うとガックリ脱力してしまう。実際、容姿に恵まれた抄は自慢じゃないが「綺麗」なんて称賛は二十五年間スコールのごとく浴び続けてきた。だから、照れずにすんなり受け流す術も心得ているし、ほとんど無視することも出来るのだ。

それなのに、潤に言われるとなんだか勝手が違ってくる。潤の声はたやすく抄の微笑を奪い、客あしらいで培った余裕を無駄にしてしまうのだ。

「相談ね……」

抄が複雑な顔で黙り込んでしまったため、潤もこれ以上からかっても意味がないと悟ったらしい。俄《にわ》かに表情を引き締めると、「それで？」と深みの増した声で言った。

「君が俺に相談って言ったら、『小泉館』のことしかないでしょうが」

「え？　あ……ええ、そうなんです。実は……」

「臨時のバイト雇えば？　それしかないだろ」

「……………」

あんまりあっさりと答えが出されたので、抄はそのまま絶句してしまう。確かに潤の意見は的を射ているが、自分はまだ何一つ説明すらしていない。まさか、顔を見ただけで何もかも一度にわかってしまったというのだろうか。

「あのな、俺はシェフであって占い師じゃないの」

「でも」

「ウチの売り上げは安定しているし、経営難って話じゃないだろ。そうしたら、当然その逆だわなぁ。忙しくなって人手が足りなくても、おまえが部活に燃えている茗に手伝いを頼むわけがないし、俺はレストランで手いっぱい。後は、誰か臨時で雇いましょうかって相談に決まっているじゃないか。おまえは変なところで義理堅いから、一応俺に話を通さないといけないって思ってくれたんだろ。ありがとうな、長男の顔を立ててくれて」

「だけど……それ以外の話だって可能性も……」

「じゃあ、外れだったかな。けど、自分で解決出来ることなら俺に相談するわけないし、おまえに解決出来ない問題はそうそうない。どのみち、業務上の話に決まってる」

「……当たってます」

「だろ？　じゃあ、話は早いよな。バイトを募集すればいい。裕が帰国するまで一ヵ月はあるし、その間に後任を育てておくのはいいことだよ。あいつももう大学生だし、写真集だなんだとなれば、帰国後も身辺が賑やかになって忙しくなるだろうから」

後任を育てる、という意識のなかった抄は、潤のセリフに軽いショックを受けた。兄弟四人で助け合ってなんとかやってきたので、このままずっと皆で『小泉館』を維持していくものだと思っていたからだ。しかし、それが単なる甘い夢だったことに気がついてしまった。

茗はともかく、裕はもうすぐ二十歳だ。人一倍『小泉館』へ愛着を持つ彼だが、まさか一生ここでホテルの雑用をこなしながら暮らさせるわけにはいかない。そろそろ、裕も自分が本当に目指したい道がなんなのか考える時期にきているのだ。

「バカだね、おまえ」

ふと考え込んでしまった頭に、ポンと潤の手のひらが乗せられた。

「自分のことも、少しは考えなさい。おまえこそ、いいのか？　一生このままで？」

「僕は……責任もありますし、『小泉館』が好きですから……」

不意の質問に戸惑いながら、抄はおずおずと目線を上げて潤を見返す。一瞬、子どもの頃に帰ったような、切ない既視感が胸いっぱいに溢《あふ》れた。ワガママを言わない優等生の抄に、よく潤はこうして真面目に問いかけてくれたのだ。「抄、おまえはどうしたい？」と。

「潤さん……。僕は『小泉館』が好きですよ」

「そりゃ、裕だって茗だって好きだろうよ。けど、あいつらとおまえは違う。なんか、おまえの働く姿を見ていると、機《はた》を織ってる鶴みたいなんだもんよ」

「な、なんの話ですか」

「知らないのか。鶴の恩返しだよ」

「それくらい、知ってますっ。そうじゃなくて、僕が父さんたちへの恩返しに『小泉館』を守っているって……要するに義務感でやってるって、そう言いたいんですか？」

ムッとして潤の手を振り払うと、抄は一転きつい眼差しで彼を睨《にら》みつけた。

「ずいぶんと、侮辱してくれますね。それとも、潤さんはあの人たちの実の子どもだから、養子の僕が哀れに見えるということでしょうか？」

「あのなぁ……」

「僕がどんな様子で働こうと、大きなお世話ですっ。それより、あなたこそ人の心配なんかしてないで、もう少し真面目に生きたらどうですか。大体、恋人を作るなら作るでもっと落ち着いた付き合いをするべきですよ。あなたときたら、一人と二ヵ月と持ちゃしないじゃないですかっ」

「おまえ、いちいち数えてんのかよ？」

「そんなの、マウスだって知っていますっ。大体、家出からしてバイト先のレストランで知り合ったイタリア美女を追いかけてだし。あなたが出奔した後、家に女性からの電話がどれだけかかってきたことかっ」

「うるさいな。モテるんだよ、しょうがないだろ」

やぶへびで怒鳴られても、潤はケロリとしたものだ。彼は「来る者拒まず、去る者追わず」なので、恋愛の傷もすぐに表情や声音《こわね》や指先などの魅力へ昇華させてしまう。その手口は実に鮮やかで、本気の恋に落ちることなど永遠にないのではと思わせるほどだった。

「……ミゥ」

いつまで待っても抄が潤との会話を終えないので、憤慨したマウスは再びロビーのソファへ昼寝をしにいってしまった。唯一の味方を失った抄は、なんだか急に頼りない気持ちに襲われる。「本気の恋」といえば、この頃の潤が逢瀬を重ねている相手は期間こそ短いが会う回数はかなり多い。ほとんど毎日昼休みになると出かけ、仕事が終わった夜にもたまに会っているようだ。これは、なかなか異例のことと言わねばならない。

「そういえば……」

なんとなく訊《き》かずにはいられなくて、抄は改めて潤の顔を見上げた。

「潤さん、今度の相手ってどんな人なんです？」

「なんだよ、今度の相手って」

「今も、会ってきたんじゃないんですか。エマちゃんも言ってましたよ、最近小マメに出かけているって。考えてみれば、今までの恋人はレストランに食べにきたりしていたのに、今度の彼女は一向に姿を見せませんね」

「へぇ。おまえ、俺の恋人に興味があるのか」

「え……」

　意外そうな顔で問い返され、思わず返事に詰まってしまう。これまで潤のプライベートについてうるさく説教することはあっても、個人的な興味を示したりなどしなかったのだ。彼が驚くのも、無理はないだろう。

「そうかそうか、嬉しいなぁ。やっぱり、おまえはお兄ちゃんが好きなんだな」

「そういうふざけたこと、言わないでくださいっ」

「まぁまぁ、そう照れるなって。ガキん時は、よく俺に助けを求めてきたじゃないか」

「冗談じゃありません。僕がいつ……」

「あれ？　困ったことが起きると、遠くからジッと俺のこと見つめてただろ？　おまえ、口がきけなくなったんじゃないかってくらい無口だったから、余計に視線が痛かったなぁ」

　昔を懐かしむような目で、潤は滔々《とうとう》と話し続ける。居たたまれなくなった抄は思わず逃げ出そうとしたが、すかさず腕を摑まえられてしまった。

「は……離してくださいっ」

「なんで逃げるんだよ」

「別に、逃げているわけじゃありません。そろそろ仕事に戻らないといけないんです。来週末から忙しくなるし、今のうちに片付けなきゃいけない用件がたくさん……」

「つれないなぁ。これから、話が核心に迫っていくっていうのに」

「迫らなくて、けっこうです。それより、早く手を……」

「離してほしかったら、〝潤お兄ちゃん〟って呼んでみなさい」

「はぁ？」

いい年をして何を言っているんだか……と呆れる反面、こんな場面を若やエマに見られたらと思うと気が気ではいられない。そんな内面の動揺を潤は見抜いているのだろう。摑んだ腕をやにわに引き寄せると、右の手の甲に素早く唇を寄せてきた。

「なっ、なっ、何するんですかっ！」

「仕方がないから、今日はこの辺で勘弁してやろう」

「いい加減にしてくださいっ！」

ふざけた口調の潤を突き飛ばし、自由を取り戻した抄は真っ赤になって後ずさる。バカにされたという思いと、どうしてすぐに彼の手を振り払わなかったのかという悔恨とで、頭の中はパニック寸前だった。

「まるで尻尾を膨らませた猫だなぁ」

そう言って苦笑すると、潤は夜の仕込みがあると呟きつつ背中を向けて歩き出す。姿勢が良く、無駄な贅肉のない引き締まった身体は、厨房よりも山や海にいる方がずっと自然な感じがした。少なくとも、屋内にこもって繊細な仕事に就いているようには見えない。その違和感が自分を不安にさせているのだと、見送っていた抄はふと考えた。

いつか、また潤はふらりと『小泉館』から消えてしまうんじゃないだろうか。

認めたくはなかったが、そんな不安が心に影を落としていることを初めて自覚する。

(なんだか……自分が情けない……)

戯れに唇を寄せられた場所が、じんわりと熱くなっている。

抄は左手で右手の甲を包み、速まる鼓動を懸命に抑えねばならなかった。

アルバイト募集の張り紙を出したものの、特に反応もないまま二日が過ぎた。

「やっぱり、行動するのが少し遅すぎたようですね……」

「仕方ないじゃん。急に予約が殺到したんだからさ」

難しい顔で眉根を寄せる抄に、テレビを観ていた茗があっさりと答える。

「あ〜、やっぱロビーのテレビはでっかくていいよな」

「テレビか……。でも、本当にマスコミの力って大きいですよね。事実、昨日も今日も仕事で出張の方が一組いらしただけなんですよ。本来、これがウチのペースなんですけど」

「客が押しかけて本気で困るっていうところも、ウチらしいよな」

抄の呟きをまぜっ返すと、茗はようやく画面から隣に座る兄へと視線を移した。ロビーには薄いグリーンのソファセットとテレビが置かれており、宿泊客はここで自由に寛《くつろ》げるようになっているのだが、普段はもっぱら小泉家の居間と化している。茗にとっては、もうすぐ高画質の大型テレビが観られなくなるということも重要な問題の一つらしい。

「でもさ、兄ちゃん。今回の場合、マスコミじゃなくて口コミだよ。浩明さんの写真がテレビや雑誌で大きく扱われたわけでもないのにこれだけ関心を集めたのは、それだけ影響力が強かったってことだし。俺も美百合《みゆり》と見にいったけど、確かにいい写真だったもん。これが俺の住んでる街かってびっくりするくらい、すっげぇ雰囲気あった。裕兄ちゃんもさ、マジかよってくらい可愛く撮れててさ」

「ええ、それは僕も認めます。僕たちには当たり前の風景が、他人の目にはこんなに魅力的だったのかと、とても新鮮な気持ちになりましたよ……ところで、茗くん」

「ん？」

「もしかして、美百合さんとお付き合いしているんですか？」

漆黒《しっこく》の眼差しで真剣に問うと、一瞬茗は返事に詰まる。美百合は浩明の幼馴染みで、裕と浩明の恋路に大きな障害として立ち塞《ふさ》がった女性だ。一件落着してからは滅多に姿を見せなくなったが、茗が彼女と連絡を取り合っていることは抄も薄々気づいていた。

「……付き合ってるってわけじゃないけど」

「美百合さん、茗くんよりかなり年上ですよね」

「うん、十歳ほどね」

そんなの大した問題じゃないと言いたげに、茗は軽く肩をすくめる。実際、美百合はかなりの美女だし、仕事に燃えているせいか実年齢よりも若く見えた。

「でもさぁ、年のことより、もっと深刻な問題が他にあるんだよなぁ」

「なんですか？」

「俺が一生懸命口説いても、てんでなびいてくんないんだ」

そう言って両腕を組む茗は、全然納得がいかないといった面持ちをしている。要するに、茗が勝手に熱を上げているだけで、美百合の方にはまったくその気がないということだ。それでも、たまに根負けしてデートに付き合ってくれるらしいが、少しも甘い雰囲気にならずに困っているという。

「なぁ、抄兄ちゃん。デートに来るってことは、一応脈ありって意味だよな？」

「さ、さぁ、どうでしょう。僕には、ちょっと……」

「兄ちゃんは、どうだった？　高校の時、カノジョとかいたんだろ？」

「えっ」

今まで兄弟間で交わされたことのない話題を急に振られ、抄はあからさまに狼狽《うろた》える。しかも、相手は末っ子の茗だ。育ちすぎの外見はともかく、中身はまだ子どもだと思っていたのに、いつの間に他人の恋愛ごとに興味を持つような年になったのだろう。

（裕くんに続いて、あのやんちゃだった茗くんが……）

まるで我が子の自立を見るような気持ちになり、抄はなんだかしんみりとしてしまった。特に両親が亡くなってからは母親のような立場だったので、余計に胸に迫るものがある。

「イヤだな、兄ちゃん。何、しんみりしてんだよ」

「あ、いや……そういう話でしたら、僕よりも潤さんにした方が……」

「ダメダメ、潤兄ちゃんは。訊かなくても答えなんかわかってる。第一、あの人は特別だもん。なんの参考にもならないよ。少なくとも、普通の恋愛をしようと思ってるから、俺」

「はぁ、成程……。茗くんは、本当に賢いですねぇ」

小気味よく言い切った茗に、抄はひたすら感心するばかりだ。さすがにＩＱの高い一家の期待の星だけに、言い難《にく》いこともズバリと的を射てくる。頼もしく成長した弟を見つめ、抄が再び口を開こうとした時だった。

「おまえらなぁ、勝手に好き放題言ってくれるじゃないか」

「じゅ、潤さん……っ」

「ん〜、お手入れが行き届いて、まぁ綺麗な髪だこと」

突然背後から伸びてきた腕に抱きすくめられ、身体《からだ》が瞬時に凍りつく。だが、調子に乗った潤は手加減するどころかますます力を込め、すりすりと頬《ほお》まで擦り寄せてきた。

「やっ……やめてくださ……っ」

蒼白になって顔を背けようとする抄だったが、ソファの背もたれと潤の腕にしっかりと挟まれてしまって為《な》す術《すべ》がない。必死になって目で茗へ助けを求めてみたが、彼も啞然《あぜん》として二人の兄を見つめるばかりだった。

「ちょっと……潤さんっ！　い、いい加減に……っ」

「そんな、マジで嫌がらなくてもいいだろ。傷つくなぁ」

弟たちの動揺をものともせず、潤はご満悦の体《てい》で抄の美しい髪を堪能する。だが、やがて飽きたのか最初と同じくらい唐突にパッとその手を離した。同時に抄が立ち上がり、手負いの猫のように素早くその場から飛びすさる。しかし、充分に距離を取ってからゆっくり振り返ると、キッと潤を睨みつけながら再び元いた場所へ戻った。このままやられっ放しでいたら、潤が図に乗るばかりだからだ。特に、最近の悪ふざけの度合いときたら生真面目な抄の限界を完全に超えていた。

ところが。

「潤兄ちゃん、今のちょっとマジ入ってなかった？」

「え……？」

意外に鋭い茗の突っ込みに、さすがの潤も表情を固まらせる。確かに普段から潤はスキンシップの好きな方だったが、困惑する抄と身体に絡ませた腕の構図はあまりに艶《なま》めかしく、間近で見ていた茗を不埒《ふらち》な気分にさせてしまったらしい。筋肉質のしなやかな腕に抱かれた抄は日頃のクールさはどこへやら微笑ましいくらい表情が豊かで、彼の美貌を見慣れている筈の茗ですらしばらく見惚《みと》れたほどだったのだ。

もしかしたら、潤は抄のあんな顔を前から知っているのかもしれない。

ふと、茗はそんな風に考える。

それなら彼がやたらと抄を構うのも納得がいくし、もし自分が潤だったら、やっぱり構い倒して何度でもあの表情を引き出したくなっただろう。

甘く香るヴェールを一枚被《かぶ》せたような、どこか官能的な顔。

水辺を思わせる凜《りん》と落ち着いた姿も魅力的だが、整った顔を心持ち赤らめて感情も露《あら》わに睨みつけられるのは、災難というよりは特権と呼んだ方がいいくらいだ。

しかし、仮に潤がわざとやっているとしても、彼は一体いつどこで抄のそんな表情を目にしていたのだろう。茗の知る限り、兄弟だという点を除けば二人に個人的な繋がりは皆無に思える。

「潤兄ちゃん、あのさ……」

「あ〜あ。てっきり兄弟仲良くテレビを観ているのかと思ったら、二人して俺の悪口だもんな。茗、兄ちゃんは情けないぞ。そんで、夕飯の山菜グラタンは美味かったか？」

「へっ？　う、うん……」

「そっかぁ、よしよし。冷蔵庫に、甘夏のムースが入ってる。デザートに食っていいぞ」

「やった、ラッキー！」

　自分が何を尋ねようとしたのかも忘れて、茗は嬉々として立ち上がった。結局は、色気より食い気が大事な年頃だ。薄情にも彼はさっさと抄を置き去りにすると、家族用のキッチンへウキウキと向かってしまった。

「う〜ん、さすがは育ち盛り。実にまっとうに育ってくれたもんだ」

「……卑怯者」

「おやおや、ずいぶんな言い草だな。おまえも食いたかったら、一緒に行っていいんだぞ」

　ブスッと漏らした恨み言など、潤は少しも意に介してはいないようだ。茗の後にちゃっかり腰を下ろすと、右隣からニッコリと悪びれずに微笑みかけてきた。体よく末っ子を追い払ったからには話があるのだろうが、今度は何を言われるのかと少しも気を抜けない。お陰で、その口調も自然とつっけんどんなものになってしまった。

「厨房の方、もういいんですか。またエマちゃんに、仕事押しつけてきたんじゃ……」

「心配しなくても、もう帰したって。後片付けは、俺がちゃんとやるよ。それよりホテルの客が増えるなら、レストランの利用法も考えなくちゃな。肝心の泊まり客が食えないんじゃ、本末転倒になるし。しばらく、メニュー限定でいくけどいいよな」

「メニュー限定？」

「ああ。ランチだけでなく、ディナーも三種類に絞って選んでもらうようにするんだよ。その方が材料に無駄が出ないし、仕込みにも時間が取られなくて済むからさ」

「じゃ、本題はそのことだったんですか……なんだ……」

「なんだって、なんだよ。仕入れ代金は、おまえの管轄だろうが」

「いえ、もっとふざけた内容かと思ったので……」

素直にそう口にすると、潤は脱力気味に苦笑する。

「……ったく、茗といいおまえといいイヤになるくらい正直だね」

「……すみません……」

返す言葉がなくなり、思わず恐縮して顔を伏せた。だが、鼻腔をくすぐる微《かす》かな煙草の香りに気がつき、誘われるようにしてそっと目線を横へ流してみる。

そうして、今度こそ息が止まった。

映ったのは、短く摘まれた爪と白い指先。それらが、肩に落ちた抄の髪にゆっくりと触れようとしている。背中で束ねていた髪が、いつの間にかゴムをすり抜けていたらしい。視線の先で自由になった黒髪が潤の指先から零れ落ち、まるで触れられるのを喜んでいるように波打った。

「――髪」

と、潤は低く呟く。

「おまえの髪。裕と茗が切らせないんだって？」

「え……」

「綺麗な髪、綺麗な顔。おまえは、ガキの頃からホントに変わらないな」

思いがけなく優しい声音が、しんみりと鼓膜へ流れ込んでくる。

潤の囁《ささや》きは耳に心地好く、いつもの軽口だとわかっていても、乱暴に指をふりほどくことが出来なかった。気の利いたセリフの一つでも返せるならいいが、そこに潤の指を意識するだけで身動きすら叶わなくなる。そんな自分が情けなくて、抄はますます無口になった。だが、これではいけないと思い直し、引っかかっていた疑問をかろうじて口にしてみる。

「あの……ムース……」

「ん？　おまえも食いたいなら、ちゃんと冷蔵庫に入ってるよ」

「……そうじゃなくて。潤さん、ムースって得意なお菓子なんですか……？」

「得意っていうか、簡単だからなぁ。手間もかかんないし、好きなお客も多いしね」

「そうですか……」

やっぱり、覚えてなんかいないんだ。

心の呟きが顔に出る前に、抄は急いで微笑みを作る。

潤が家出をする前、抄のためにチーズムースを作る約束をしてくれたのだが、結局それは果たせないままになっている。今更それを持ち出してどうこうしようとは思わないが、やはり落胆する気持ちは無視出来なかった。

（しょうがないか……。もう十二年も前の話なんだし……）

さほど期待していたわけじゃない、と自分を慰めて、抄は約束を忘れようと心に決める。

そんな風にして再び黙ってしまったので、今度は潤の方が口を開いた。

「なぁ、実はもう一つ相談があるんだけどさ」

「なんですか」

「俺、今は二階の客室を使ってるだろ。そこ、しばらく別の人間に貸したいんだよ」

「別の人間って……。潤さんのお友達を、という意味ですか？」

「うん、まぁ。友達っていうか、もちろんお客としてさ。ほら、おまえの話だと、他の部屋はこれからしばらく満室が続くんだろ。そしたら、貸せるのは俺の部屋しかないからな」

意外な申し出に戸惑いはあったが、潤が個人的にお客を連れてくるのは今に始まったことではない。もともと客室なのだし、彼に異存がないのなら反対する理由もなかった。

「そっか、良かった。明日には来ると思うんで、俺はこれから引っ越しの用意に入るかな」

「引っ越し？　ち、ちょっと待ってください」

聞き捨てならないセリフに、慌てて抄は口を挟む。

「潤さん、引っ越しってどの部屋にですか？　まさか……」

「まさかって、おまえか茗か留守中の裕の部屋、この三つのどれかしかないだろうが。あ、ベッドならエクストラ用の折り畳みを使うから心配しなくてもいいぞ。さぁて、どの部屋に泊めてもらおうかなぁ」

「裕くんの部屋にしましょう！　ちょうど、彼はいないことですし！」

間髪容《かんはつい》れずに力強く提案すると、たちまち胡散臭《うさんくさ》そうな視線が飛んできた。

「なんなんだよ、おまえ。よっぽど、俺と同室になるのがイヤなわけね」

「ぼ、僕の部屋に来るつもりだったんですか」

「悪いかよ、茗はお年頃だし勉強もあるから一人がいいだろう？　だからって裕の許可もなく勝手に部屋を使うのは、いくら兄弟とはいえ気がひける。ただでさえ、うちは家族経営のホテルで、プライバシーがあんまり確立してないんだから」

「まぁ……それは、そうですけど……」

珍しく正論で迫られ、反論の余地すらない。充分な広さがあるので一人増えたからといってどうということはないが、日々エスカレートする潤のちょっかいに自分は果たして耐えていけるだろうか。まして、期間限定とはいえ朝晩寝起きを共にしなくてはならないのだ。

「別に、深く考え込まなくたっていいじゃないか」

さらりと、事もなげに潤は言った。

「俺とおまえは、ガキの時は同じ部屋を使っていた仲なんだし」

「……あの時と今じゃ、事情が違います」

「どこが違うんだよ？　俺たち、仲が良かっただろ」

「………」

当たり前のように言われると、こだわっているこちらがバカに思えてくる。仲が良かったかどうかはわからないが、少なくとも抄は潤を尊敬していたし、心の拠《よ》り所としていたのは事実だからだ。他の弟たちと違い、小泉家に引き取られた時の抄はもう物心のつく年だったので、新しい家族や環境に溶け込むのにかなりの葛藤があった。それを、誰よりもわかってくれたのが潤だったのだ。

「わかりました」

幼い頃の気持ちに戻るのが無理でも、これを機に潤へのわだかまりは消えるかもしれない。

そんな一縷《いちる》の望みをかけて、抄は静かに頷いた。

「お友達とはいえ、お金を払ってもらうからにはお客様です。快適に過ごしていただくためにも、なるべく私物は移した方がいいですね。手伝いますから、早くやってしまいましょう」

「おっ、急に調子が出てきたな」

「仕事ですから」

素っ気なく言い切ってから、うっかり肝心な問題を聞き忘れたことに気づく。

「ところで、潤さん。そのお友達は、どれくらい滞在される予定ですか？」

「さぁ……」

「さぁ……って……」

「それが、俺にもよくわかんないんだよな。今住んでいるマンションから出たいって、その一点張りで。だから、とにかく期間は未定ということかな」

「な、なんですか、それはっ」

「さぁ……」

「潤さん！」

早くも後悔の渦に巻き込まれそうな抄の隣で、呑気《のんき》な顔をした潤が首を傾げている。

こうして思いがけない展開から、二人は同じ部屋で起居する生活に逆戻りしたのだった。

◆◆◆　2　◆◆◆

目の前に立ったのは、どこか反抗的な目つきをした、細い身体つきの少年だった。

「高橋莉大《たかはしりお》。潤さんから、話はいってると思うけど」

「あ、潤さんのお友達の……」

「友達？」

抄の言葉に莉大は誇らしげな顔でフフンと笑うと、フロントの机の上に肘《ひじ》をつく。黒目が大きくてややつり気味の瞳は勝ち気そうに輝き、物怖《ものお》じしない性格を窺わせるはっきりとした顔立ちをしていた。

「潤さんの友達だなんて、光栄だな。俺の部屋、どこ？」

「……二階です。ご案内する前に、こちらへご記入いただけますか」

「何これ」

目の前へ差し出した宿泊名簿を一瞥《いちべつ》した莉大は、心外だとでも言いたげに眉をひそめる。

どうやら、思ったことがストレートに顔に出るタイプらしい。その証拠に、彼の不機嫌そうな表情を見れば連絡先を書くのを嫌がっているのは明白だった。

「こんなの、どうでもいいじゃん。書かないとダメなのかよ？」

案の定、上手くごまかすこともしないで、ふて腐れたように言ってくる。

「俺、もう今のマンションは出ていくから書いても無駄だよ。一人暮らしだし」

「でも、引っ越しはまだされてないんでしょう？」

「言っとくけど、実家だって無駄だからな。とっくに縁が切れているんだから」

そこまでは訊いてない、と思ったが、仕方なく抄は黙って微笑んだ。あくまで穏やかな対応に一人で突っかかっているのも気がひけるのか、やがて莉大は気まずそうに目を逸《そ》らす。

肩肘をついた姿勢はだらしなく、ほとんど机の上に寝そべりかねない感じだったが、意外にも着ているものはきちんとプレスされた上等な服だった。ブルーグレーの半袖シャツに白い膝《ひざ》丈のショートパンツは、仕立てから見てもそれなりのブランドの品だと思われる。

「なぁ、潤さんはいないの？」

抄ではダメだと観念したのか、莉大は拗《す》ねた声でぐるりと周囲を見回した。浮き出た鎖骨がシャツの胸元から覗け、革紐《かわひも》のネックレスについたトップのシルバーが光る。

「まだ、夕方じゃん。レストラン、七時からだろ？」

「買い物に行っているんですよ。毎日、四時に焼き上げてくれるパン屋さんがあるんです。天然酵母と玄米で作っていて、とても美味しいんですよ」

「は？　天然……なに？」

「……とにかく、潤さんから話は伺っていますから。それじゃ、お部屋にご案内しますね」

これ以上話していても、時間が無駄になるだけだ。そう悟った抄はさっさとフロントから出ると、莉大の足元に置かれた旅行カバンを手に取った。どうやら彼は必要最低限のものしか持ってこなかったらしく、期間未定の滞在にしてはずいぶんと荷物がコンパクトだ。身なりから察するに、そのほとんどが服なのではないかと推測された。

二階の部屋へ向かいがてら、抄は簡単にホテルの仕様を説明する。室内の電話はフロントにしか通じないと話すと「連絡取りたい奴なんかいないし」とたちまちそっぽを向かれた。

「去年、全室のバスルームを修理したので、お湯の出は快適だと思いますよ。ただ、高橋様にお使いいただく部屋はバスタブがないんですけれど、シャワーだけでも構いませんか？」

「知ってる。本当は、潤さんの部屋なんだろ」

「え……ええ、そうです。でも、昨日綺麗に片付けましたから、他の客室と変わりませんよ。ウチはもともと小さいので、バスタブつきは一部屋だけなんです」

「俺、潤さんと同じ部屋でも良かったのになぁ」

無邪気に呟かれた一言に、一瞬だけ微笑が凍りつく。だが、莉大は抄への当てつけではなく、本気でそう思っているようだった。そのせいか、部屋が近づくにつれて段々表情が硬くなり、脅えているのかと思うくらい不安そうな顔になっている。第一印象が悪かったので内心ムッとしていた抄も、なんだか気の毒になってきてしまった。

どんな事情があるのかは知らないが、彼も大切なホテルのお客様には違いないのだ。態度は粗野だが、こちらは心を込めて接客しよう。改めて、そんな風に抄は思った。

「あ、ここです。お気に召すといいんですが」

部屋の前に立った抄は、にこやかに莉大を振り返る。ついでに旧式の鍵の扱いを説明してみたが、相変わらず返事は芳しくないので、潤が帰ってきたら話してもらおうと諦めた。

カチャリと扉を開いた瞬間、夏の湿気を帯びた風が頰を掠《かす》める。窓を閉め忘れていたのかなと首を傾げていると、莉大が足を踏み入れるなり「潤さん……！」と声を上げた。

(潤さん……だって？)

思わず耳を疑ったが、後から部屋へ入った抄の視界にまぎれもなく潤本人が映った。開け放した窓を背にして立つ彼は、暮れかけた空にすっきりとした長身のスタイルがよく映えて、見惚れるくらい格好がいい。『小泉館』での姿しか知らない抄にとって、これは大きな衝撃だった。普段、街をこの調子で歩いているのなら、潤が女性からモテるのも理解できる。何せ、ただ立っているだけなのにこちらの気を引いて仕方がないのだ。癖のある笑顔もお得意の意味深な眼差しも、全てが嫌味なく色気に昇華されている。

「なんだよ、いたんじゃないか！」

新しい発見に呆然《ぼうぜん》としている抄とは対照的に、笑顔全開の莉大は駆け足で近寄ると勢い良く潤の首へ抱きついた。

「よっ、莉大。今日も可愛いな」

「買い物、行ってたんじゃなかったのかよ？」

「王子様は、お出迎えしないと後で文句言うでしょうが。『小泉館』、すぐわかったか？」

「まぁね。でも、部屋で待ってるとは思わなかった」

先ほどまでのふて腐れた態度はどこへやら、潤にしがみついて話す様子は、とても素直で可愛らしい。その変貌ぶりは飼い主にだけなつく気の強い猫を連想させ、抄は呆れるやら圧倒されるやらで、何もかける言葉が思いつかなかった。

「ああ、抄。ありがとな、莉大を案内してくれて」

「あ、いえ……はい。えっと、じゃあ荷物はベッドの横へ置いておきますね。僕、潤さんは買い物に出ているのかと思っていて……すみません……」

「おまえが謝ること、ないじゃないか。今日は少し肌寒いからさ、早めに空気の入れ替えをしといてやろうと思ったんだ。てわけだから、莉大。俺はこれからパン屋まで行くけど、一緒に来るか？　一番人気のメロンパン、奢《おご》ってやるぞ」

「うん、行く」

即答する莉大の腕をやんわりと首から外すと、潤はニッコリと優しく笑いかける。日頃自分を構う時の意地悪な笑みとは雲泥の差だ、と見ていた抄は少し面白くなかった。

「はぁ……」

二人が出かけるのを見送って抄がフロントに戻ると、ロビーから消えていたマウスがのそのそと階段から下りてくる。同類嫌悪なのか、それとも潤の客だからなのか、どうやらマウスは莉大が苦手なようだ。陰から様子を窺っている気配は抄も感じていたが、莉大がホテルから出ていくまで決して姿を見せようとしなかった。

「よしよし。どうした、マウス？」

不満げな表情でしきりに床のにおいを嗅《か》いでいる彼に、抄はしゃがみ込んで話しかける。子どものように両膝を抱えて目の前の猫を眺めているうちに、ふと自分が悲しい気持ちになっていることに気がついた。

「……男の子までとは、まったく許容範囲の広い人ですね、潤さんは」

「ミュウ」

「ま、僕には関係ないことですけど……。彼が友達だろうが、特別な関係だろうが。でも、どっちにしてもずいぶんな可愛がりようですよねぇ」

責めるつもりなど毛頭ないが、莉大が無邪気に潤へ抱きついた時、正直言って穏やかではなかった。思い返してみれば、潤の艶聞はよく聞くが実際に彼が恋人と親密にしている場面を抄は見たことがなかったのだ。莉大と潤がどういう関係かはともかく、裕や茗とですら、あんなに仲良さげにはしていないように思う。それだけでも、莉大は充分特別な相手だと思えてならない。

「僕は……自分で思っているほど、冷静な人間じゃないみたいです」

弱気な呟きを漏らすと、マウスは無言で抄の膝へ小さな顔を擦《こす》りつけてきた。


「兄ちゃん、なんなんだよ、あの莉大とかいうヤローはっ」

翌日、部活を終えて遅い帰宅をした茗がえらく不機嫌な様子で抗議してくる。家族用のキッチンで夕食を食べていた抄は、箸を持つ手を止めると何事かと慌てて目線を上げた。

「お帰りなさい、茗くん。どうかしたんですか？」

「どうもこうもねぇよっ」

ドカッと椅子に座り込み、乱暴な仕種《しぐさ》で制服のネクタイを外す。練習が厳しいせいか、いつもならクタクタに疲れて口をきくのも億劫《おっくう》がるのに一体今日はどうしたことだろう。茗はちらりと鰯《いわし》の胡麻《ごま》しそ焼きの皿を見て、そこから抄へ視線を移すと、これみよがしな溜め息をハァ……と大きくついてみせた。

「兄ちゃん……。どうでもいいけど、のんびり鰯なんか食ってる場合じゃないよ」

「だから、何がどうしたんです。ちゃんと説明してくれないと……」

「あのガキ、潤兄ちゃんの隠し子かなんかなのか？」

「は？」

あまりにも唐突な意見だったので、目を瞬《しばたた》かせながら抄は問い返す。

「あの、茗くん……今、なんて？」

「だからぁ、潤兄ちゃんの隠し子かってーのっ。なんなの、あいつ。俺がさ、さっき帰ってきたら二人でロビーにいるわけよ。そんで、潤兄ちゃんが俺を見つけて〝お帰り〟って言ってさ。〝腹減ってるか？　なんか作ってやろうか〟って訊いてきたんだよ。言っとくけど、俺が無理やり頼んだわけじゃないんだぜ。潤兄ちゃんは俺の顔を見れば、必ずそう訊いてくるんだから。それなのに、こっちが答える前にあの莉大とかいうガキが〝ダメだよ〟とかヌカしやがんの。〝ダメだよ、自分のことは自分でやらなくちゃ〟と、こうだぜ？」

「莉大くんが……ですか……」

「潤さんは後片付けと明日の仕込みがこれからなんだから、俺に邪魔するなとさ。高校生なんだから、メシくらい自分で作れよ、ときたもんだ」

「はぁ……」

確かに正論と言えなくもないが、早くに両親を亡くした末っ子を、潤も抄もけっこう不憫《ふびん》に思う傾向がある。茗が独立心旺盛な性格なのでさほど過保護にもならないが、せめてご飯くらい……と世話を焼いてしまうのは、仕方がないことだといえた。

「畜生、あいつ何様なんだよ」

茗はよっぽど頭にきているのか、空腹すら忘れているようだ。しきりと莉大のことを「あのガキ」と乱発するので、とうとう抄が見かねて「やめなさい」と軽くたしなめた。

「仮にもお客様なんですから、失礼ですよ。それに、莉大君の方が年上なんですから」

「へっ？　何、あいつ。俺より年上なの？」

　信じられない、といった顔で、茗が抄を見返してくる。それも、無理はないかもしれない。客観的に見ても、百八十を超そうかという茗と手も足も細くて小柄な莉大とでは、せいぜい同じ年くらいにしか見えなかった。

「本人は宿泊名簿を書くの、嫌がったんですけどね。一応規則ですから、潤さんに説得をお願いして書いてもらったんです。彼は十九歳ですから、裕くんと同じ年ですね」

「あの童顔で十九？　勘弁してくれよ、おい」

「……君は、自分が育ちすぎとは解釈しないんですね……」

　真顔で驚いている茗に、抄は「やれやれ」と肩を落とす。外見だけでなく、莉大のストレートな物言いや周囲を気にせず潤へ甘える態度など、茗が年上と思えなかった気持ちはわからないでもないが、高校生でホテルに長期滞在出来る方が変ではないか。

「そうだ。あいつさ、仕事何してんの。それとも学生？」

「さぁ。職業のところは空欄になっていましたから、今は何もしてないんじゃないですか。今日も近所へ散歩に出かけたくらいで、ほとんど潤さんと一緒にいましたよ」

「けっ。自分こそプータローで、仕事の邪魔してんじゃねぇのかよっ」

再び怒りに火がついた茗は、ふくれっ面で椅子をガタガタ揺らした。

この間、エマが「茗は潤を尊敬している」と評していたが、成程、彼のこういう反応を見ていると当たっているかもしれないなと思う。ただ、自分も嫉妬に近い感情を莉大に覚え、そのことに少なからずショックを受けたのに、茗とは莉大への解釈が全然違っていたのが不思議だった。

茗は莉大を「隠し子じゃないか」と毒づいたが、抄は「恋人か、特別な存在」だと思った。しかし、普通に考えれば茗の言葉の方がまだ自然だ。どんなに仲が良かったり莉大がなついているようでも、彼らは男同士であり、そう簡単に恋愛へスライド出来る関係ではない。それなのに、真っ先にそんな風に考えてしまったのは、もしかしたら自分の方に問題があるからではないだろうか。ましてて、それを「悲しい」と感じてしまったなんて、絶対に口が裂けても茗には言えなかった。それは、まっとうな「嫉妬」とは呼べない気がする。

「……抄兄ちゃん、箸が鰯に突き刺さってるけど？」

「え？　あ、ああっ」

「なんか、裕兄ちゃんのパターンを思い出すな」

ボーッと考えに耽《ふけ》るあまり、箸とフォークを勘違いしていたようだ。抄は真っ赤になって箸を戻すと、急いで残りの鰯を口へ放り込んだ。

「とにかくさ、抄兄ちゃんもあんな奴に負けんなよ」

「なっ、何を言ってるんですか、茗くんはっ」

「お客だからって、遠慮することないんだからな。家族のやり方に口出しするような奴は、ガツンとシメてやればいいんだよ。なーにが、自分のことは自分でしろ、だ」

「ああ……まぁ、それはそうですけど……。ところで、茗くん」

「何？」

「夕飯食べますか？　僕と同じものでよければ温めましょうか？」

いつもの調子で尋ねると返事に窮したように茗は黙り、それから唇を尖《とが》らせて呟いた。

「――いい。自分でやるから」


仕事を終えた潤が部屋へ帰ってきたのは、十二時近くなってからだった。まだ他の客室が空いているので、二階に一人で取り残された莉大が淋《さび》しがって彼を離さなかったらしい。レストランの帳簿をパソコンに入力していた抄は、ドアの開いた気配にピタリと指を止める。昨夜から始まった潤との同室生活は、生来が人見知りするタイプの抄には容易に慣れるものではなかった。まして、相手は小泉家最大の問題児なのだから尚更だ。

「……抄。背中が緊張している」

入ってきた潤の第一声が、それだった。

「どうでもいいけど、そんなにピリピリしていると肩凝るぞ？」

「別に、緊張なんかしていませんよ。それより、莉大くんの方はいいんですか？」

「ガキじゃないんだから、さすがに一人で寝られるだろう。それに、あんまりあいつに構っていると、また茗を怒らしちゃうからな」

先刻の茗の憤慨ぶりは確かに激しかったので、どう答えたものかとしばし抄も思案する。その間に椅子の後ろへ立った潤は、「怒るなよ」と囁くと両手を抄の肩へそっと下ろした。

「少し、マッサージしてやる。おまえは姿勢がいいから、そんなに凝ってないかもしれないけど。……だから、あんまり睨みつけないでくれ」

「睨みつける？　僕がですか？」

「俺が近寄ると、いつだってマウスみたいに毛を逆立てるだろ。この頃、思うんだ。やっぱり、おまえは俺が家を出たこと、まだ許してないんだなぁってさ」

「そんな……昔のことですよ」

柄にもなく気弱なセリフを耳にした抄は、戸惑いがちに薄く微笑んでみせる。やがて肩からじんわりと温かさが広がり始め、いつしかゆっくりと目を閉じていた。

気を張り詰めていた肩に潤の手のひらは最高に心地好く、薄手のシャツを通して体温が甘く溶け込んでくる。吐息が漏れるような解放感と、軋んだ胸の切なさを同時に味わい、抄はどこか途方に暮れる気持ちで潤の手へ身を預けていた。

器用な手先から予想していた通り潤はマッサージがとても上手く、彼には構えてしまう抄も、すっかり身体が寛いでくる。半ばうっとりしながら、この人はこうして何人の肌に触れてきたのだろうと、余計な想像まで働かせてしまった。

「茗の奴、かなり怒ってたか？」

「え？」

「結局、莉大の言う通りになっちゃったからさ」

「……ああ、そのことですか」

色気の欠片《かけら》もない話題だったが、なんとなくホッとしながら抄は答えた。

「そうですね。とりあえず、夕食は自分で支度していました」

「……そっか。練習で疲れていただろうに、可哀相《かわいそう》なことしちゃったな。明日から、合間をみて俺が作っておくよ。まだ子どもなんだから、そう独立独歩で生活させなくてもいいさ」

「でも、莉大くんの言い分も間違ってはいませんけどね。潤さん、大抵は僕たちの分まで食事ちゃんと作っておいてくれるじゃないですか。今夜それがなかったのは、相当忙しかったからでしょうし」

「そっ。お陰でもうクタクタだ。でも、抄くんの肩を揉んでいる俺は偉いだろ？」

「あ、すっ、すみませんっ」

いきなり現実に戻った抄は、大慌てで椅子から立ち上がる。その様子がよほどおかしかったのか、潤が身体を曲げてクックッと笑い出した。

「なっ、なんなんですか。何が、そんなにおかしいんですか」

「いや……やっぱり、おまえには負けるわ。特に、俺みたいな人間は絶対勝てないよ」

「い……意味が、よくわかりません……」

「わからないか？」

笑いすぎて目の端に涙を溜めたまま、潤がふっと覗き込んでくる。目の前に迫る瞳に続く言葉を奪われた抄は、（ああ、まただ……）と観念した。

潤に見つめられると、どうして自分は動けなくなってしまうのだろう。気軽にポンポン会話を交わしている時でも、ふとした瞬間に潤の視線を意識しただけで、引きずられるように理性を失ってしまう。たとえ頭の片隅で警告が鳴っても、避けることが出来ないのだ。

いつか、彼の視線に何もかも負けてしまいそうな気がする。

そんな得体の知れない危機感を抱いて、せめてもの抵抗に必死で目を逸らさずにいたら、次第に視線が熱く絡まっていくのがわかった。

「……抄」

と、潤が小さく呼びかける。

深く深く染み入るような、とても綺麗な響きだった。

「怒るなよ」

さっきと同じセリフを吐いて、そっと潤の顔が近づいてくる。何をするつもりなのか、と尋ねようとしたが、答えなどとっくにわかっていた。

拒む間もなく、唇が重ねられる。

あんなに指は温かかったのに、不思議と唇だけは尖った氷のように冷たかった。

「……ん」

一度しっかりと重なった後、ためらうように唇が離された途端、抄の胸を鋭い痛みが駆け抜ける。だが、再び降りてきた口づけに今度こそ理性が蕩《とろ》け去った。

促されるままに上向かされ、幾度となく冷えた唇を受け入れる。しっとりと吸いつくような感触に溜め息が零れ、駆け足となった鼓動は快感となって指先まで震わせた。

どうして……と、抄は思う。

どうして、この人の唇はこんなに冷たいんだろう。

溶け合う吐息は熱いのに、まるで何かが封印されているように唇だけが頑《かたく》なままだ。

不安に駆られて目を開いてみると、初めて見る瞳がそこにあった。

「潤……さん……？」

「惚れ惚れするな、おまえのそういうところ」

「え……？」

「本当に、怒らなかった」

セリフはふざけているが、その眼差しは真剣だ。けれど、そんな言葉では潤の真意が読み取れなくて、抄はとうとう探ることを諦めてしまった。

いつでも余裕たっぷりで、こちらの気持ちなどお構いなしにどんどんテリトリーに踏み込んでくる。潤は、子どもの頃からずっとそうだった。それでも抄は彼が嫌いになれず、軽口に潜む真実や、冗談に紛らわせた優しさを見つけようと一生懸命になった。だが、いざ潤の切羽詰まった瞳を見てしまうと、胸がいっぱいになって何も考えられなくなる。ただ痺《しび》れるような余韻が唇に残るばかりで、自分がどこへ向かっているのか、どうしてこの場所に立っているのか、全てがとても曖昧《あいまい》で不確かなことに思えてしまう。

多分、よほど頼りない表情を自分はしていたのだろう。

潤はそれ以上口を開こうとはせず、代わりにそっと腕を伸ばしてきた。つられて、抄が一歩足を踏み出す。まるで水面を揺らすのを恐れるように、しばらく二人は見つめ合った。だが、やがて潤は静かに抄の身体を引き寄せると、長い溜め息と共にきつく抱きしめる。背中に回された指の強さを、再び目を閉じた抄はただうっとりと味わった。

これまでも、ずっと潤の眼差しはこうして自分を抱きしめていた。

身体を包む不思議な既視感が、その事実を容易に抄へ悟らせる。

昔から、潤はそうだった。どんなに巧妙に隠しても、必ず抄の気持ちをきちんと正確に見抜いてくれた。苦手な食べ物や嫌いな学科、泣きたい時も悲しかった時も、いつでもそこに優しい彼の視線があった。

『――抄。おまえは、どうしたい？』

鼓膜に蘇る懐かしい響きに、抄の心は緩やかに溶けていく。

幼い頃、初めてこの家へ来て潤に出会った時、何故《なぜ》だか突然泣きたくなった。その衝動をなけなしの意地で堪えた瞬間から、きっと自分は彼へ惹かれていたのだ。

そうして、今もまだ惹かれ続けている。

兄弟という立場や同性だという事実を超えて、どうしようもなく潤を求めている。

潤む吐息や鼓動のリズムにまで、抄は嘘をつけなかった。

「抄兄ちゃん、大丈夫なのかよ？」

ハッと気がつくと、茗が訝《いぶか》しげな表情でこちらをジッと見つめている。

慌てて微笑を取り繕ったが、彼はやれやれというように首を振ると「手元、手元」とテーブルの皿を指差してきた。

「なぁ、それマウスの猫缶だろ。自分の皿に盛って、どうするんだよ。食うのか？」

「あっ」

「なんだよ、ボーッとしちゃってさ。昨夜も変だったけど、今朝はまた一段と磨きがかかってんな。あれから、なんかあったの？　やっぱ、潤兄ちゃんと同じ部屋じゃ大変？」

「ち、違いますよ。これは、ただマウスにご飯をあげようと思ってですね……」

たどたどしく言い訳をしてみたが、更に疑わしい視線が返ってきただけだ。下手な言い訳をしたら却《かえ》って立場が悪くなると思い直し、抄はおとなしくマウスの皿へ中味を移した。

昨夜のことを思い出すたび、指先までがじんわりと熱くなる。

キスの後、無口になってしまった自分を潤はどんな風に思っただろう。冗談の通じない奴だと軽く笑い飛ばしてくれるなら、その方がいっそ気が楽だった。

（それなのに……――）

潤は、抄が戸惑いを覚えるくらい優しかった。彼は冷やかしや無駄口を叩《たた》かず、かといって冷たく黙り込むわけでもなく、抄が安心出来る温度の沈黙を続けてくれた。そうして、腕から解放した後は、シャワーを浴びにバスルームへ消えてしまった。

どうしようか……と、その時になって初めて抄は自分の取った行動に狼狽えた。

潤から見ればいつものおふざけの延長かもしれないが、自分にとっては本気の香りのするキスだった。拒もうと思えば拒めたのに、それがかねてからの望みであったように潤の唇を受け入れてしまったのだ。どんな顔をして、再び顔を合わせればいいかわからなかった。

抄は部屋を出ると、逃げるようにロビーまで階段を下りていった。常夜灯の明かりを頼りにフロントまでたどり着くと、口づけの余韻を打ち消すようにパソコンに向かう。途中で潤が下りてきたら、と不安になったが幸か不幸かそんなことは起こらず、ようやく帳簿の整理を終えて部屋に戻る気になった時には午前二時を回っていた。

そっとドアを開けると室内はベッドサイドのスタンドだけがつけられた状態で、さすがに潤はもう眠っているようだった。そういえば、と抄は思い返す。昨夜は同室第一夜ということでけっこう緊張していたのに、やっぱり潤はさっさとベッドに入ってすぐ寝入ってしまったのだ。そう思うと、なんだか一人で構えたり悩んだりしているのが、バカバカしくなってきた。

足音を忍ばせてベッドへ近づき、遠慮がちに簡易ベッドへ視線を向ける。淡いオレンジの光に、潤の安らかな寝顔が浮かび上がっていた。この人とキスしたんだ、と胸で呟いてみたが、すでに遠い夢のような気持ちになっている。多分、それが正解なんだと自分へ言い聞かせ、抄も眠ることにした。明日の朝、顔を合わせた時になんて言おうかとちらりと考えたが、眠れなくなりそうだったので「なるようになれ」と目を閉じたのだった。

けれど、抄の心配は杞憂に終わり、彼が目を覚ました時に潤はいなかった。

いくぶん拍子抜けではあったが、しかしその方がむしろ都合が良い。昨夜《ゆうべ》あんな風にキスをしておいて何もなかったような顔をするなんて、とても自分には出来そうもなかった。それは現在も同じで、茗の前で少しでもおかしな素振りを見せたらカンの鋭い子なだけにバレてしまう可能性だってある。そんな事態は、絶対に避けなければならなかった。

「ちょっと、寝つけなかったんですよ。ほら、バイトもまだ決まらないし……」

「そっか、そうだよなぁ。明日からだっけ、予約が入ってるの。なぁ、兄ちゃん。俺、しばらく部活休もうか？　この調子じゃ、まずバイト見つからないぜ？」

「それは、いけません」

マウスがエサにかぶりつく様を眺めていた抄は、驚いて茗の申し出を却下する。せっかく打ち込めるものを見つけて頑張っているのに、家の事情で中途半端にさせるのは可哀相だ。

「でも、現に人手不足なんだろう？　どうすんの？」

「……もう一度、潤さんと話し合ってみますよ。とにかく、茗くんは心配しないように」

「潤兄ちゃんならいないぜ」

「え？」

「俺が起きた時、莉大と一緒に外へ出て行ったよ。なんか、どっかで朝メシ食うんだとさ」

「そう……だったんですか……」

ちらりと壁の時計を見たが、時刻はまだ八時を過ぎたばかりだ。こんな早朝に営業している店など近所にはないから、恐らく単なる口実だろう。茗も同じことを考えているらしく、面白くなさそうな顔でヴィネガーをふったハムサンドをガツガツと食べていた。

「なぁ、兄ちゃん。あの莉大って奴、何者なわけ？　潤兄ちゃんのなんなの？」

「なんなの……と言われても……」

昨夜と同じ疑問を投げかけられ、またしても抄は答えられない。ただ一つわかるのは、潤が自分とのキスを特別な意味には考えていないという事実だ。そうでなかったら、朝早くから別の人間を誘ってさっさと出かけてしまうなんてことはしないだろう。最初こそ避けられているのかと不安にもなったが、潤の陽気で俺様な性格からいってもそんな後ろ向きな行動は取らないに違いない。

（なんとも思ってないから、僕に対してのフォローもなしってことか……）

ある程度予想はしていたが、やはり「莉大が一緒」だという事実は胸に痛かった。

「あのさ」

俯《うつむ》きかけた横顔に、茗がまた話しかけてくる。

「余計なお世話だと思うけど、ちゃんと身元を確認しといた方がいいかもしんないぜ？」

「え？」

「莉大だよ。大体、浩明さんの時といい、潤兄ちゃんの友達はどっか理由《わけ》ありの奴が多いんだから。あいつ、金とか持ってんの？　宿代払えなくて、トンズラすんじゃない？」

「まさか、踏み倒すことはないでしょう。あれだけ、潤さんと仲がいいんだから」

「あれ？」

何げなく返した一言に、鋭い茗がニヤニヤと突っ込んできた。

「珍しいな、抄兄ちゃん。今、言葉に刺《とげ》があったぜ？」


夏の名残りを留めた光が、運河の水にきらきらと差し込んでいる。

早朝に潤から起こされた莉大は初めこそ寝ぼけ眼《まなこ》でふらふらしていたが、歩き出して五分もたつ頃にはだいぶ元気になって、勢い良く橋を駆け上がったり水面を覗き込んだりと散歩を心ゆくまで楽しんでいた。

「おい、転ぶなよ。……ったく、小学生のように元気だな、君は」

「人を無理やり誘っておいて、ずいぶんな言い草だなぁ。潤さんこそ、もう年なんじゃないの？　ほら、年寄りは朝が早いっていうしさ」

「……言ってろ」

駆け回る莉大の背中に低く毒づき、潤は大きく欠伸をする。このまま運河沿いに歩けば、じきに小さな薔薇園《ばらえん》に着く筈だ。もともと美百合の祖父が住んでいた場所で、屋敷は取り壊されて面影もないが、庭園は街の憩いの場として人が絶えることがなかった。

初夏に比べると少し落ちるが、有志が丹精込めているだけあって、まだまだ何種類もの薔薇が園内に美しく咲き誇っている。だが、さすがに早朝にやってくるのは散歩途中の愛犬家か野良猫、あるいはよほどの薔薇好きくらいなものだろう。

「へぇ……。ホテルの近くに、こんなとこがあったのかぁ」

そのどれでもない潤と莉大は、いくぶん場違いな雰囲気を携えながらベンチの一つに腰を下ろす。頭上では鳥がうるさいくらいに囀《さえず》り、生い茂った木々の隙間《すきま》からは柔らかな陽光がきらきらと零れ落ちていた。

だが、しかし。

生命力に満ち溢れた空間は、時の止まったような建物で暮らす潤にとっては、感動よりも戸惑いの方が遥《はる》かに大きい。とりあえず一本吸おうと胸ポケットから煙草を取り出しかけたら、目敏《めざと》く莉大に見咎《みとが》められてしまった。「こんなに綺麗な空気と薔薇を、ニコチンで汚す気なのか」と莉大が大きな目で凄《すご》むので、潤は仕方なく煙草をポケットへ戻す。こういう彼のはっきりとした性格を潤は気に入っており、特に逆らおうとは思わなかった。

「……そんで？」

「ん？」

「とぼけんなよな。潤さん、何か話があって俺を誘ったんだろ。けど、ホテルで出来ない話なんて、どうせろくなことじゃないんだよな。あるいは、なんかしでかしたのか？　ほら、あのやたら綺麗な兄ちゃんとか。そういえば、同じ部屋に寝泊まりしてんだもんな」

「賢いな、莉大。それに優しい。どんな時でも、まず他人の心配をするとはなぁ」

「はぐらかすなよ」

少々ムッとした様子で、莉大は薄い唇を尖らせる。しかし、抄に関しての冗談は容易に口にしてはいけないと、早々に学習したようだ。しばらく沈黙した後で、彼は潤の機嫌を窺うように上目使いで顔を覗き込んできた。一瞬、二人の目線が合い、どちらからともなく笑いが零れる。

「しょうがねぇなぁ。莉大、朝メシ食うか？　ハムサンドと焼きトマトのパニーノ」

「食べる、食べる。潤さん、すげぇな。ちゃんと用意してきたんだ」

「皆には内緒でな。茗に〝莉大と出かけてくる〟っつったら、睨まれたよ。おまえ、やっぱこの間のはまずかったなぁ」

「この間って……ああ、自分でメシ作れって言ったヤツ？　だって、今ホテルって忙しいんだろ。潤さん、あの晩だってへたってたじゃんか。俺なんか、十五から一人暮らしでメシどころか家事全般やってるぜ？」

「世の中、おまえみたいにタフな奴ばっかじゃないさ」

そう言いながら、たくましく生きてきた莉大の頭を優しく撫でる。飢えた子犬のようにパンにかぶりついていた彼は、そんな仕種にも少しも動じず、元気良く口を動かし続けた。

「なぁ、潤さん。ホントのところ、話ってなんなんだよ。俺、気にしないからはっきり言ってくれて構わないよ。それにしても、美味いなコレ」

「莉大……」

「あのさ……もしかして、怒ってる？　俺がホテルまで押しかけてきちゃって」

さりげない口ぶりだったが、内心では返事を聞くのをひどく怖がっているのだろう。その気持ちを誤魔化すかのように、彼は次から次へとひたすらパンを口に放り込んでいた。

「俺、本当に悪いとは思ってるんだ。でも、あんなことになって……。他に行くところも、頼れる人もいなかったから……」

「怒っていたら、最初から追い出してる」

大きな手のひらでポンポンと背中を叩くと、詰め込みすぎたのか急に莉大がむせ込んだ。

「おいおい、もっとゆっくり食えって。大丈夫か？」

「う、うん……」

「……ごめん、心配させたな。俺が莉大を連れ出したのは、こっちの個人的な事情だ。おまえは関係ないから、安心しろって。ちょっと……うん、ちょっとな、急いで頭を冷やす必要があったんだよ」

「ははん」

ようやく落ち着いた莉大は、再び生意気な表情を取り戻すと、勝ち気な目つきで見返してくる。つくづく頭の回転の速い奴だと潤は呆れ、それから少しだけ頼もしく思った。

「わかったよ。それじゃ、潤さんは俺をダシに使ったってわけか」

気の済むまで食べたのか、グイッと乱暴に口の周りを拭《ぬぐ》い、莉大が身を乗り出してくる。

まったく、先刻までのしおらしさはどこへやら、だ。

「そうだよなぁ。一人で部屋からさっさと消えたら、あからさまに避けてますって言ってるようなもんだもんな。それじゃ、本気で意識してるってことになるからねぇ」

「そうそう、わかってるじゃないか。さすが、経験者は言うことが違うね」

「うっ……！」

「確かに、勝手に姿をくらますなんて本気で意識していなきゃ出来ない芸当だよなぁ。そうだろ、莉大？」

「……うう……」

さらりと言い返す一言で、たちまち形勢が逆転する。やぶへびになってしまった莉大は、悔しそうに顔を赤らめたまま黙ってしまった。

潤はそんな彼の様子を愛しそうに見つめていたが、やがてポケットを探って「莉大」と小さく声をかけた。

「奢ってやるから、あっちの自販機でジュース買っておいで」

「…………」

「知ってるよ。おまえ、金ほとんど置いてきたんだろう。昨日も一昨日《おととい》も、ろくなもん食べてないんじゃないのか？　まったく、健気《けなげ》だねぇ。それ以上痩《や》せて、どうするつもりだよ」

「なんで……そんなこと……」

「この一ヵ月、昼休みのたびにおまえと会ってたんだぞ。思考や行動パターンなんて、いい加減予想がつくさ。なぁ、俺たちそれくらいは親密だろう？」

「潤さん……」

不意に黒目の輪郭が揺れ、莉大は瞳からポロポロと涙を零れさせる。気が緩んだのと我が身が情けないのとで、複雑な涙はいつまでも彼の頰を濡らし続けた。

いくら早朝で人目があまりないとはいえ、男二人がベンチに座って仲良くサンドイッチをつまみ、その挙句に片方が泣き出すなんて展開はさすがに普通とは言い難い。しかし、莉大と知り合ってから彼がこれだけ素直に涙を見せたのは初めてだったし、潤も可愛いとこそすれ、それを無理に止めようとは思わなかった。それよりも、莉大の大粒の涙が呼び覚ました記憶の方が、潤にはよほど気にかかったのだ。

初めて、『小泉館』で十歳の抄と顔を合わせた時。

正直言って、潤は彼が今の莉大のように、わんわん泣き出すのではないかと思っていた。それくらい、潤と目が合った瞬間、彼の真っ黒な瞳は大きく歪んだのだ。けれど、結局そのまま抄は泣きもせず、数回の瞬《まばた》きだけで見事にその衝動を堪えてしまった。

多分、あの時から抄は子どもではなくなったのだ。

少なくとも、潤だけはそのことを知っていた。もちろん両親は心から彼を可愛がったし、抄自身も容姿や成績など全てに申し分のない良い子だったが、それは与えられた役割を演じていたにすぎない。本当の抄は、とっくに子どもを捨てていた。

(そうなんだ……)

今更ながら、潤はしみじみと考える。

(あいつの目線は、もう大人と同じだったんだよ。だから……)

だから、自分はあの家を出ようと思ったのだ。

でも、もちろん抄はそれを知らない。彼は潤が置いていった手紙の文面を真に受けて、本当にイタリア美女を追いかけて家出したと思っている。確かに潤は彼女と親密ではあったが、パスポートも持たない高校生が本当に外国へ家出したと思い込むなんて、それだけ冷静さを欠いていたということなんだろう。実際はしばらく友人の家で過ごした後、料理の修業という名目で両親を説得してからイタリアへ行ったのだ。渡航費用や当座の生活費などは、バイトで貯めていたのでなんとかなった。家出したままにしておいてほしいと両親へ口止めを頼んだのは、抄に自分を忘れてほしかったからだ。多分、一生『小泉館』へは戻らないだろうと、あの時の潤は考えていた。

もしも両親が亡くならなかったら、果たしてここへ帰ってきただろうか。

幼かった裕や茗はともかくとして、抄は潤に「捨てられた」と思った筈だ。彼の態度が今でも頑ななのはその証拠だし、冷ややかな眼差しや屈折した言葉遣いに何も感じないかと言われれば、やはり嘘になる。

だが、それでも潤が『小泉館』に残ろうと思ったのはホテルへの愛着以上に抄の存在が大きかった。綺麗な子どもだった抄が、そのまま綺麗な大人になった。そんな当たり前の事実がこんなにも重要なことだったなんて、再会するまで潤にはわからなかったのだ。

今頃、生真面目な抄は口づけの意味を考えているだろうか。

一瞬でも、潤の理性を失わせた理由を見出すことが出来るだろうか。

（ちょっと早すぎたけどなぁ……）

十年……いや、十二年待っても、まだまだ修行が足りないな。

そんな独り言を胸に、潤は珍しく重い溜め息をついた。

「……ごめんな、潤さん。俺、なんかちょっと情緒不安定みたい」

「ああ」

真っ赤に泣き腫《は》らした目で、莉大がポツリと決まり悪そうに呟く。

その頭を乱暴に片手で抱え寄せると、潤はいくぶん苦笑混じりの声でそれに答えた。

「いいんだ。俺も似たようなもんだから」

小一時間ほどしてから二人がホテルへ戻ると、いつもフロントで優雅に「お帰りなさい」と出迎えてくれる抄が珍しく不在だ。どうしたんだろう……と莉大が周囲を見回している間に潤は「ランチの仕込みがあるから」と言い、そそくさとレストランへ消えてしまった。

「仕込み……って、昨夜やってたじゃないかよ……」

何をそんなに慌てているのだろうと思ったが、そういえば「個人的な事情」とやらが彼にはあったことを思い出し、莉大はくすくすと笑い出す。潤との付き合いはまだ短いが、あんなに余裕のない顔が見られるのは、きっと滅多にないことに違いない。

「あれで、けっこう可愛いとこもあるんだよなぁ」

「何が、可愛いんですか？」

凛と涼やかな声が、突然頭の上から降りかかる。てっきり誰もいないと思い込んでいた莉大はびっくりして視線を上げ、視界に入った抄の姿に更なる衝撃を受けて絶句した。

莉大が抱いている抄のイメージは、綺麗でたおやかで清廉としていて、まさに『小泉館』の看板息子といった風情だ。だが、階段を下りてくる彼は両手にモップとバケツと掃除機を提げ、いつもはきちんとプレスしてある白いシャツまでくすんでいる。

抄は唖然とする莉大の前までやってくると、微笑だけは相変わらずの優雅さで「お帰りなさい」と優しく声をかけてきた。

「潤さんと、朝の散歩に行っていたそうですね。いかがでしたか？」

「いや、散歩はともかく……何してんの？」

「あ、見苦しくてすみません。ちょっと、明日からの準備に追われてまして……。掃除が済んだら、すぐに着替えますから。少しバタバタしますけど、我慢していただけますか？」

「明日からって、何かあんの？　それに、あんた一人で掃除してんのかよ？」

事態のよく飲み込めない莉大が矢継ぎ早に質問すると、抄はホテルが珍しく混むこと、人手がなくて自分しか掃除する人間がいないことなどを簡潔に説明した。

「一応、臨時のバイトを募集していたんですけど、生憎《あいにく》と応募がなくて……」

「バイト？　そんなの募集してたんだ？」

あんまり素直に驚いたせいか、さすがに抄もガクッときたようだ。けれど、バイト募集の張り紙というのが「言われてみれば、壁にチラシが……」という程度のシロモノで、あれでは来る者も来ないだろうというお粗末さなのだ。その結果、抄がシンデレラのごとく薄汚れようと自業自得と言えなくもない。

恐らく、彼にもその自覚はあるのだろう。抄は照れ臭そうに微笑むと、とっくに諦めた様子で再びよろよろと掃除道具一式を抱え上げる。客室と廊下の掃除は済んだが、まだバスルームや窓拭きなどが残っているのだという。

「それから？　それで全部じゃないんだろう？」

「え……？　えーと、そうですね。後はタオルとリネン類を取り替えて、各室に花を活けて、壊れている電球を買い替えて照明を直して、スリッパやティッシュの補充を……」

「なんで、ヒマだった時にやらなかったんだよっ」

呆れて大声を出すと、抄は戸惑ったように眉を寄せ「いや、ボチボチはやっていたんですけど……」とすこぶる頼りない返事をしてきた。

「ですが、掃除や補充は前日でないと意味がないですし……」

「ああ、もういいよ。で？　あんたは、これから掃除の続きをすんのか？」

「ええ」

「わかった」

言うなりパッと抄の左手からモップを奪い取り、莉大は大股《おおまた》で階段へ向かっていく。何が起きたのかピンとこなかった抄はしばし呆気《あっけ》に取られていたが、「い、いけませんっ」と一声上げると、急いで後を追いかけてきた。

生真面目な相手にいささかウンザリしつつ、くるりと振り返る。階段に立った莉大は偉そうに抄を見下ろすと、問答無用と言わんばかりにモップの柄でドンと床を突いた。

「いいから、さっさと始めようぜ。俺がバスルームやるから、あんたは花屋にでも行ってきなよ。あ、雑巾《ぞうきん》もついでにくれる？　掃除は窓拭きと……あと、なんだっけ？」

「でも、莉大くん……」

「へぇ？　俺のこと、そんな風に呼んでんの。じゃあ、俺もあんたを名前で呼ぶよ。いい？」

「名前ですか」

「もっとも、俺は呼び捨てにするけどね」

さっさと話を終わらせると、後はもう何を言われようが二度と振り返らない……つもりでいたが、一番肝心なことを忘れていたのに気づき、もう一度莉大は足を止める。

「あのさ……マスターキー、借りてもいい？　このまんまじゃ、入れないじゃん」

「あ、そうか。これです」

「サンキュ」

うっかり莉大のペースに乗せられた抄は、鍵を渡した後で「しまった」という顔をしたがもう後の祭りだ。どのみち、一人で全室のケアをするのがどれほど大変か身に染みていた頃でもある。こうして莉大は抄を押し切り、明るく掃除のお兄さんを買って出たのだった。

バイトの件が心配だったのか、茗がいつもより早めに帰宅をしてくれた。ところが、普段と変わらぬ調子で「お帰りなさい」と抄が微笑んだので、そんな彼をかなり驚かせてしまったようだ。茗は抄が一人であくせく働いてぐったり疲れているか、まだ雑用が終わらずにバタバタしているか、絶対にそのどちらかだと思っていたらしい。

「僕も、一時はそれを覚悟していたんですけどね」

フロントに置かれた一輪挿しのガーベラを見て、抄はもう一度微笑する。なんのことやらわからない茗は、そうした兄の落ち着きぶりにしきりと首をひねっていた。

「なんだよ、一体どうしちゃったんだよ。バイトでも、見つかったのか？」

「いえ、そういうわけじゃないんです。ただ……」

「──抄」

唐突に、ふてぶてしい声音が割り込んできた。

「最後の洗濯、終わったぞ。乾燥機に入れといて、構わないんだよな」

「抄……だとぉ……？」

聞き捨てならない言葉を耳にして、茗は声の主をキッと睨みつける。その視線の先に、見覚えのある青いエプロンを着けた莉大の姿があった。

「それ、裕兄ちゃんのエプロンじゃねぇか。なんで、おまえがそんな格好してんだよっ」

「知るか。抄がコレを使えって持ってきたから、着てるだけだ」

「かっ、勝手に、俺の兄貴を呼び捨てにすんなぁっ」

あくまで平然としている莉大の態度に、茗の理性はあっさりとブチ切れる。ただでさえ気に入らない奴だと思っていたのに、よりによって抄を呼び捨てにするなんて言語道断だ。間に立った抄が止める間もなくツカツカと莉大へ歩み寄った茗は、彼の高そうなカットソーの襟口をガッと乱暴に摑み上げた。体格的には完全に茗の勝ちなので、こうなると小さな莉大には為す術がない。しかし、勝ち気な莉大はそれでも顔色を変えず、冷ややかな目つきを欠片も崩さなかった。

「やめなさい、茗くん！」

驚いた抄が一喝したが、頭に血が上っているのか茗は一向に手を離そうとしない。その代わり、爪先立ちになった莉大がちらりと目線を抄へ流し、「あとは、枕カバーのプレスでラストだから」とごく冷静な口調で報告をしてきた。

「茗くん、早くその手を離しなさい！　怒りますよっ！」

「でも、兄ちゃん。こいつ、兄ちゃんのこと呼び捨てにしてんだぜ？　それに、なんだってこんな格好してんだよ。これも、潤兄ちゃんの気まぐれなのか？　おい、なんとか言えよ！」

「……こんな状態で話せるか、クソガキ」

ケッと吐き捨てるように言ってから、さすがに苦しくなってきたのか莉大は目を閉じる。見かねた抄が再びきつい調子で「茗くん！」と怒鳴りつけたので、茗もようやく力を緩めると諦めたように服から手を離した。

やっと解放された莉大は軽く二、三回咳《せ》き込むと、すぐさま顔を上げて体勢を立て直す。その負けん気の強さは茗も感心するほどで、しばらくは何から話を切り出せばいいのかわからなくなるほどだった。

「……茗くん。彼は、一人で仕事している僕を見かねて助けてくれたんですよ。実際、バイトが決まらなかったので、すごく助かったんです。今日、僕が本来の自分の仕事に専念出来たのも、莉大くんが掃除や雑用を一手に引き受けてくれたお陰なんですから」

「でも……だからって……なんで呼び捨て……」

「僕がいいって言ったんです。うっかり、お客様なのに僕の方が馴れ馴れしく呼んでしまって、それならって莉大くんが……。別に、深い意味なんかありませんから」

「だけど……」

「茗くん」

いつまでもグズグズと納得しかねている茗に、とうとう抄が長い溜め息をつく。しかし、どうやら大声で怒鳴られるよりもこうした態度を取られる方が効くらしく、まだ顔つきは拗ねているものの、やっと口を閉じてくれた。

ホッとした抄は、今度は憮然《ぶぜん》とした表情の莉大へ向き直ると、丁寧に頭を下げて弟の非礼を詫びる。莉大はいいとも悪いとも言わなかったが、そんなことはどうでもいいと思っているのがありありとわかる顔だった。彼は、単に服を傷められたのが不愉快なだけなのだ。どうせならエプロンを摑めばいいのに、と呟いて茗の新たな怒りに火をつけるところだったが、それはかろうじて抄が押し留めた。

「ともかく、莉大くんには感謝しなくちゃいけません。今日一日で彼がどれくらい働いてくれたか、茗くんもその目で見れば納得するでしょう。はっきり言って、僕より働いているかもしれませんよ」

「兄ちゃん、何もそこまでヨイショしなくても……」

「あれ、おまえウソだと思ってんの？　ならいいや、ちょっと来いよ」

「お、おいっ」

乱暴されかかったこともケロリと忘れて、莉大が茗の手を無造作に摑む。拒むヒマすら与えずにそのまま茗を引っ張ると、彼は強引に階段を上がっていってしまった。

「……見事にマイペースな子ですねぇ」

上手く茗の怒りを制した莉大につくづく感嘆しながら、抄は二人の後ろ姿を見送る。仕事に関しても莉大は素人ながら驚くほど手際良く、次から次へと雑用を片付けていったのだ。可愛い外見からはとても掃除が手慣れている風には見えないが、本当に人は見かけによらないものだと改めて思い知らされた。

茗と莉大が揃って消えてしまったので、やっと落ち着いて仕事が出来ると抄は胸を撫で下ろす。莉大がチェックしてくれた備品を再点検したり、この夏に泊まりにきてくれたお客様へ御礼状を出したり、ホームページもそろそろ更新しなくてはならない。レストランのメニューも限定でいくとの話は潤としたが、詳しい打ち合わせをしようと思っていた昨晩にとんでもないハプニングが起きたため、仕入れから全て任せきりになっていた。

（そうだった……。とにかく、潤さんと話をしないと……）

気は進まなかったが、このままずっと顔を合わせないでいるわけにもいかない。第一、向こうがなんとも思っていないのに、こちらが意識しているのは癪《しゃく》な気もする。

（……仕方がない、仕事なんだから。昨夜の件は、事故だと思って忘れなくちゃ）

そう都合良く自分の頭が働いてくれるとも思えないが、そんな風にでも割り切らなければここにいられなくなってしまう。確かに赤ん坊の頃から『小泉館』にいる茗に比べれば自分は馴染むのに苦労したが、今では抄にとっても家はここ以外にはあり得なかった。

腕時計で時間を確認すると、ちょうど十時になったところだ。レストランのラストオーダーは九時だから、そろそろ閉店の準備にかかっている頃だろう。それなら、もう少し待てば潤もヒマになるに違いない。今日は朝から莉大と出かけた後、ほとんどレストランにこもっていたらしく、昼休みにフラリと外出した背中を見たきりなのだ。これまでもそんな調子なため、潤に避けられているのかどうか見極めるのは難しかった。

定位置のフロントに再び戻ると、自然と短い吐息が漏れる。潤に会うと決めた途端、おかしいくらい緊張しているのが自分でもわかった。抄は無意識に唇へ指先で触れ、あの冷たく官能的な感触をもう一度思い出そうとする。思えば、昨夜の自分は不思議なくらい素直に口づけを受け止めていた。少しも、ためらう気持ちが心に生まれなかったのだ。何故だか、そうするのがとても自然なことのように感じられていた。

（何度キスしても……冷たくてひんやりしていたな……）

せっかく忘れると誓ったのに、記憶はますます鮮明になるばかりだ。

ハッと我に返った抄はいけないと頭を振って、よからぬ妄想から逃れようとした。

——と。

「なんだよ、また肩が凝ってんのか？」

「じゅっ、潤さん……っ。……いつから、そこに……っ」

「いや、今出てきたばかりだけど？　どうでもいいけど、フロントで体操するのはやめなさい。こんなホテルでも、誰が入ってくるかわかんないんだから」

白い厨房服を着た潤が、いつの間にやら目の前にニヤニヤしながら立っている。両腕を胸の前で組んで機嫌よさげにしているのは、抄のおかしなところを見て得をしたと思っているからだろう。

まったく変わらない彼の態度に安堵《あんど》と淋しさの両方を覚えつつ、抄はしゃんと背筋を伸ばす。そうすることで、束の間でも強い自分を取り戻せるような気がした。

「茗、もう帰ってきたのか？　あいつと莉大の分、レストランに食いにおいでって伝えてもらえるかな。メニューは豆腐のキッシュと焼きなすのサラダ、サフランリゾットにマスカットのゼリーもあるぞ。あ、ちゃんと抄の分もあるからな。安心しなさい」

「はぁ……。でも珍しいですね、レストランでなんて」

「うん。ディナーメニューの試作品なんだ。取り合わせがまずくなければ、コストもさほどかからないし一品はこれでいこうかと思ってさ。それで、モノは相談なんだが」

急に声を低めると、潤がそっと顔を近づけてくる。内心抄は穏やかではなかったが、彼の表情が真剣だったので、努めて平気な様子を取り繕い「なんでしょう」と答えた。

「実は、莉大のことなんだ。あいつにも、タダで試作品食わせてもいいよな？」

「なんだ、そんなことですか。僕は、もちろん構いませんよ。後で潤さんにも報告しようと思っていたんですけど、莉大くんは今日一日すごく働いてくれたんです。お客様に手伝ってもらうなんて申し訳ない限りなんですが、背に腹は代えられなくて……。だから、きちんとアルバイト代を支払わなきゃと思っていたところなんですよ。時給と日給の、どちらにするべきでしょうか？」

「働いた？　あいつが、掃除とか雑用とかしてたのか？」

抄がこっくりと頷くと、潤は「そうかぁ……」と何やら考えを巡らせ始める。やはり友達とはいえ客に手伝わせたのはまずかったかと抄が不安に思い始めた頃、潤の方もようやく心が決まったのか、再び目線を合わせてきた。

「相談が、もう一つ増えた。いいか？」

「え、ええ。あの、何か問題でも……」

「いや、そうじゃないんだ。どのみち、おまえには話さなくちゃと思ってた。あのな、莉大のことなんだけど、あいつをここでしばらく……」

「抄兄ちゃん、潤兄ちゃんっ！」

潤のセリフを遮って、茗の叫びがロビー全体に響き渡る。何事かと二人は同時に頭を上げ、階上の慌ただしい気配に息を飲んだ。やがて、二人の兄の名を喚《わめ》きつつ茗が階段を駆け下りてくる。何が起きたのか問いただそうとした抄を無視して潤の前までやってくると、彼は厳しい顔つきで兄を睨みつけた。

「潤兄ちゃん、あいつのことどこまで知ってる？」

「へ……」

「だから、どの程度の仲なのかって訊いてんだよっ。一体、あんなのとどこでどうやって、いつ知り合ったんだ？　あいつが……あいつが、無一文だって知ってて呼んだのかっ？」

「あ〜、いや、それはだな……」

「無一文……？」

返事に口ごもる潤を押し退け、抄が素早く茗へ詰め寄る。

「無一文って、莉大くんがですか？　茗くん、どうしてそれを……」

「今、本人の口から聞いたんだ。あいつ、ほとんど金持ってこなかったたって。全部、家に置いてきたって言うんだ。もちろん、カードなんか持っちゃいないさ。どういうことだよ？」

「お、落ち着きましょう。とにかく、潤さんを睨むのはやめなさい」

「だって、兄ちゃんが連れてきたんじゃないか。ちゃんと説明しろよ、潤兄ちゃん！」

小泉家の四兄弟の中で、茗が一番屈託がなく直情的だ。彼は性格に表裏がなく、思ったことはなんでも素直に口に出す。しかも、利発で判断力も確かなので、その意見には説得力があった。そんな彼が文句を言いつつも莉大を黙認していたのは、尊敬する潤の知り合いだからだ。その信頼に影が差したのだから、食ってかかるのも無理はなかった。

しかし、いくら茗が嚙《か》みついても潤はすぐには答えず、困っているのかとぼけているのか判断のつきかねる表情のまま黙っている。見かねた抄が穏やかに事態を収めようと、怒りに頰を染めている茗に向かって口を開いた。

「あの、お金を家に置いてきたって言うなら、取りにいってもらえば……」

「それは御免だね。俺、もうあのマンションに帰るつもりはないんだから」

軽やかな靴音に遅れて、階段の板が緩やかに軋む。全員がハッとして振り返ると、ちょうど莉大がふてぶてしい顔で、ゆっくりと階段を下りてくるところだった。

「莉大……てめぇ、よくまぁヌケヌケと……！」

「なんと言われようと、俺は帰らないよ。茗、おまえこそバカだ。潤さんを責めるなんて、お門違いもいいところだよ。じゃあ、おまえならどうすんだ。友達が行くとこないって泣きついてきたら、まず金を持ってるかどうか尋ねるのか？　大したガキだな、ほんとに」

「な……っ」

「潤さんは、何も訊かなかった。俺が金を持ってるかどうか、彼だって知らなかったんだ」

しゃべりながら莉大は抄と茗の前を通りすぎ、潤の隣で足を止める。彼は静かに潤の手を取ると、まるで幼い迷子がそうするようにギュッと力強く握りしめた。見ていた茗は一瞬顔を赤らめ、抄は痛ましげに瞳を細める。莉大がどれだけ心細くなっているか、強気の口調からは窺えなかった片鱗を僅かに見た気がしたからだ。

「莉大くん、あの、僕たちはですね……」

「わかってるよ。いくらなんでも、俺だってこれ以上は甘えられない。出ていくよ」

「いえ、そうじゃなくて」

「いいんだよ。俺だって、潤さんに迷惑かけたくないし。どのみち、もう行かなくちゃって思っていたんだ。今日、掃除とか手伝ったのはせめてお詫びにって思っただけで……」

ああ、そうだったのか。

莉大の一言で、抄は何もかも合点のいく思いがした。昨日も一昨日も、潤以外とはほとんど口すらきかず部屋にこもっていた莉大が、どうして今日に限っていきなり自主的に手伝いを始めたのか不思議に思ったのだ。それに、自分から無一文であることを打ち明けたというが、やろうと思えばもっと先へ引き延ばすことも出来たはずだ。そうしなかったのは、彼なりに良心の呵責《かしゃく》を感じていたからに違いない。

そう考えると、抄は莉大が不憫でたまらなくなってきた。どんな事情があるのか知らないが、家庭環境に恵まれているようにも見えないし、頼れる人間もそうはいないのだろう。潤が莉大との仲をはっきりさせないのは引っかかるが、だからといって、それだけの理由で莉大を嫌いにはなれない。いや、今朝までの自分だったらわからなかったが、本当に彼はよく仕事を手伝ってくれたのだ。いちいち抄の指示を待つまでもなく、彼なりに気を利かして手早く立ち回ったり、次から次へと仕事を見つけて実に合理的に動いてくれた。

フロントには、莉大が選んできた青いガーベラが咲いている。電話や書類書きなどに忙殺される抄の代わりに買い物へ出かけ、彼は客室だけでなくフロントとロビーにも花を揃えてきた。言葉や態度は粗野だが選んだ花の色味は繊細で、抄はそこに莉大の本質を見た気がしたのだ。

「そんじゃ、掃除も終わったことだし俺は……」

「——待ってください」

荷物をまとめるために踵《きびす》を返しかけた莉大へ、考えるより先に声が出る。潤と茗の視線が自分に集まるのがわかったが、このまま莉大を追い出してはいけないと、それだけが抄の頭

にあった。

「莉大くん、本当にお金を持ってきてないんですか……？」

「くどいなぁ。金どころかカードもないって、さっき茗が言ってただろ」

「じゃ……じゃあ、ウチでバイトをしませんか？　バイト料はお支払い出来ませんけど、その代わり宿代と食事代はタダってことで。それなら、君もここにいられるでしょう？」

抄の提案に、真っ先に茗が「げっ」と言った。

下品な弟の声に冷たい一瞥をくれ、抄は戸惑う莉大に食い下がる。

「ね？　そうしましょう。ちょうどバイトが来なくて困っていたところですし、莉大くんなら申し分ありません。それに、僕は潤さんの友達なら信用出来ます。どうですか？」

「ど、どうですかって言われても」

「その……もちろん、ずっとってわけにはいかないんですけど……」

勢いで言ってしまったが、肝心なことにハタと抄は気がついた。来月には裕も戻ってくるし、ホテルが混むのも恐らく一時的な現象なので、莉大を長期で雇える保証はどこにもないのだ。潤は彼がいつまでここにいるのかわからないと言っていたが、居候として迎えられるほど『小泉館』に経済的な余裕があるわけではない。

「大丈夫さ。なぁ、莉大」

不意に、それまで成り行きを見守っていた潤が口を開いた。

「おまえだって、今の状態をそう長いこと引きずってるつもりはないんだろう？」

「それは……」

「いずれは、ちゃんとしないとな。それも、わかってるんだろう？　なら、何も問題はないさ。いいから、気持ちの整理がつくまでウチでバイトやっとけ。おまえ、ずいぶん役立ってるそうじゃないか。せいぜい、ウチの看板息子に楽させてやってくれよ」

「でも……だけど……」

　思いがけない誘いを受けて、莉大はかなり心が揺れているようだ。彼は抄と潤の二人をしばらく見比べ、最後にちらりと茗の方を見た。潤んだ黒目を上目使いに向けられ、それまで憤慨していた茗は「あ、畜生」と胸の中で毒づく。あんな風に「捨てられた子犬の目」をされたら、何を言ってもこちらが悪者になってしまうからだ。事実、抄まで哀願するような顔で茗を見ている。ただ一人、潤だけがおかしくてたまらないといった表情で、しきりと笑いを噛み殺していた。

「もういいよ、わかったって。兄ちゃんたちの好きにすりゃ、いいじゃんか」

　とうとう、茗が折れた。バイトが見つかって抄が楽になるのなら、他に反対する理由も見つからない。どちらにせよ、もう結果は見えているのだ。

「その代わり、絶対にサボるなよ。抄兄ちゃんは良くても、俺が承知しないからな」

「茗くん……ありがとう……」

「なんで、抄兄ちゃんが礼を言うんだよっ。それは、あいつのセリフだろうっ」

「でも、引き止めたのは僕ですから。莉大くんは、僕が責任をもって預かります」

「あのさぁ」

勝手に話が進んでいき、さすがの莉大も気弱な声になっている。彼らしくなく遠慮がちな調子で、「誰が責任者でもいいけどさ、俺は今の部屋にいていいのかよ？」と尋ねてきた。

「あそこ、もともと客室なんだろ。俺が一人で使っちゃっていいのかよ」

「でも、とりあえず部屋はそこしか空いていないですし……」

「だからさ、最初から言ってるじゃん。俺、潤さんと一緒でも構わないって」

「それはダメ」

すかさず、潤がそれに答える。莉大は、さも心外そうに大きな目を見開いた。

「なんでだよ、なんでダメなんだよ。あの部屋、広いじゃん。俺一人じゃもったいないよ」

「いかにも、その通りだ。だがな、莉大。生憎なことに、おまえは凶悪に可愛い」

「へっ？」

「いくらなんでも、ヤバイだろ？　ほら、多感な年頃の弟も同じ屋根の下にいるし……」

潤がいい気になって話す途中で、抄が思いっきり後頭部を殴りつけた。

「痛ぇーっ！」

「めっ、茗くんの前で、なんてこと言うんですか、あんたはっ」

「だからって、力いっぱい叩くことないじゃないかっ」

「これでも、死なない程度に加減しましたっ！」

「なんだとぉ」

　そのまま二人がギャアギャア言い合いを始めてしまったので、毒気を抜かれた茗は溜め息をついて莉大をこっそり手招きする。抄の感情的な姿に呆然としていた莉大は、助かったとばかりにそそくさとやってきた。

「知らなかった。抄って、あんな顔もするんだな。いつも取り澄ましていて冷静で、なんだかお人形みたいなのに。潤さんも……ガキみたいだ」

「……ったく。しばらく平和だな、と思ってたのに……おまえのせいだぞ」

「俺？　違うだろ、それは。だって、なんか楽しそうじゃん、あの二人」

「楽しそう？　ああ、まぁね。それより腹減らないか？　俺たちだけで、先にメシ食っちゃおうぜ。多分、厨房になんかあるだろうから。兄ちゃんなんか当てにしないで、自分のメシは自分で作らないとな？」

　莉大と顔を突き合わせた茗は、いつかの彼のセリフを借りてニヤッと笑う。

「へぇ……。飲み込み早いな、あんた」

　見かけとは大違いの可愛くないセリフを吐いて、莉大も一緒になって笑った。

　久しぶりに熱くなった抄がハッと我を取り戻した時、すでに茗と莉大の姿はロビーになく、ただマウスだけが迷惑そうな顔でこちらをジッと見つめていた。

「あれ……」

たちまち決まりが悪くなり、殴られた跡をしきりに撫でている潤へ視線を戻してみる。同時に、ふっと潤もこちらを見た。一瞬の沈黙の後、潤は苦笑を浮かべると親指を立ててレストランを指し示す。どうやら、茗たちが消えたことに彼はちゃんと気づいていたようだ。そういう余裕が嫌いなんだと毒づきたい気持ちだったが、さすがに抄もそれはしなかった。

「あの、夕食わかったでしょうか、茗くんたち。僕、ちょっと行ってきます」

「いいから放っておけ。見れば、わかるようにしてあるから。それより、抄」

「はい？」

「少し散歩しようか。おまえに、話しておきたいこともあるし」

「え……」

予想もしていなかった言葉に、抄は腑甲斐《ふがい》ないほど狼狽えてしまう。封印した筈の口づけが急に感覚に蘇り、いっきに体温まで上昇したような気がした。

何を考えているのか、潤の瞳からは相変わらず何も読み取れない。それどころか、真っ直ぐ見返すことすら今の抄には難しかった。ただ、唇の端に浮かんだ微笑がいつもより優しく見えたことと、彼の声が嫌だとは言わせない自信に満ちていたことが心を決めた。

「……わかりました。いいですよ、もう仕事もほとんど片付きましたし」

抄には大決心だったのだが、答える頃にはもう潤は厨房服を脱いでいた。


「やっぱり、夜になると風が変わってきますね」

ホテルを一歩出た途端、抄はしみじみと深呼吸をしてみる。そうすると、胸に吸い込まれた夜気が、少しだけ動悸を抑えてくれるようだった。

耳を澄ませると、昼間は聞こえない運河の流れが微かに耳まで届いてくる。『小泉館』の周囲は閑静な住宅街で、運河を隔てた正面の建物は戦前に建てられた屋敷を利用した市民図書館だ。こんな時間に目立つのはホテルから漏れる明かりと、街灯がポツンポツンと石畳に落とす淡い光の輪たちだけで、自分たちの他には人影も見えなかった。

どこへ向かっているのかわからないまま、抄は潤から僅かに遅れて歩き続ける。こうして二人で歩くなんて、潤が戻ってきてからは初めてのことだ。記憶に残る潤の癖は夜空を眩《まぶ》しそうに見つめる不思議な瞳だったが、今でも彼はそうして月を見上げているのだろうか。

「まだ日中は暑いと思っていたけど、やっぱり夏は終わりだな」

「え？」

「夏の風は、なんとなく懐かしい匂いがするだろ？　でも、今夜は淋しいばかりだ」

前を向いたまま潤は呟き、眩しそうに目を細めて月を見上げた。

(潤さん……——)

思い出に重なる横顔に、抄の胸は少し熱くなる。もしも、ここでキスを仕掛けられたら、きっと自分はまた拒めないだろう。そんな確信が彼にはあったが、その想いは九月の夜風と同様、心を淋しくさせるだけだった。

しばらくの間沈黙が続き、ようやく潤が話しかけてきたのは運河にかかる幾つかの橋を渡り、迷路のような路地をあちこち十分ほど歩いてからだった。

彼は唐突に立ち止まると、後ろから抄がついてくるのを確認して「ほら」と正面に浮かび上がったシルエットを自慢げに指差す。

月明かりに浮かぶ歪んだ影の正体は、路地の突き当たりの小さな広場に面して建てられた古い建物だった。

「ここは……」

「覚えてるか？　この街に戻ってきたら、いつかおまえともう一度来ようと思っていたんだ」

「……まだ残っていたとは、思いませんでした。僕、こっちの方角は避けていて……」

「そうだろうと思ったよ。おまえ、強いからなぁ」

潤は独り言めいた口調でそう言うと、再び先に立って歩き出す。乗用車が五台も停まればいっぱいになってしまう空間は、廃墟となった教会と石造りのアパートがぐるりと囲むように建っていて、傍目からはとても閉鎖的に映る場所だった。アパートにはまだ数名の住人がいるが、ここへ通じる路地を私道と間違えて入ってこない人もいる。

だからこそ、この広場と教会は幼い抄にとって心から寛げる空間でもあった。

「夏の風よりも、もっと懐かしいだろ。おまえ、よくここにあったベンチに座ってたよな」

当時はまだ牧師が存在していて、教会の前には四人掛けのベンチが置いてあったのだ。そこに信者の年寄りに混じって、小さな抄がちょこんと座っていた。

「思うような成績が取れなかったり、必要な物を買ってもらわなくちゃならなかったりすると、おまえ学校の帰りにここでムスッと座ってんだよな。俺、何度も見かけたよ」

「……潤さん、この教会でオルガン弾いている女性と付き合ってましたよね、そういえば」

「よっく覚えてんなぁ。そうそう、彼女は妻子持ちのここの牧師と駆け落ちしたんだ。それで教会が潰《つぶ》れたんだった。それで、ここで……」

と言って、廃墟の傍らに生えている桜の木の前で立ち止まる。

「険しい顔しているおまえと、アイス食ったよな。裕と茗にはナイショだぞ、ってさ」

「覚えてます……」

それしか、抄は答えられなかった。

忙しい潤とは家で滅多に顔を合わせることはなかったが、この場所で何度か出会ったことならある。そんな時、家に帰りそびれた抄を冷やかすでもなく、潤はなんとなく側《そば》にいてくれた。けれど、抄は潤のお目当てがオルガンを弾く美女であることを知っていたので特に何かを期待していたわけではない。まして、今でも覚えていてくれたとは夢にも思わなかった。潤が家出してから彼に関する思い出を一切封じてしまった抄は、この場所へも意地で立ち寄らなかったのだが、それを当の潤から「強いな」とからかわれる日が来るなんて想像もしていなかった。

二人で並んで桜の木の下に立つと、時間がいっきにあの頃まで還《かえ》っていく気がする。そういえば、一緒にアイスを食べたのも夏が終わる頃だった。ソーダ味の氷菓子を齧《かじ》り、初めて潤と二人だけの秘密を持ったのがこの場所だったのだ。

「あ、やばいな」

隣で、ポツリと潤が呟いた。

何が……と問いかけて、その意味するところを悟った抄は、黙って傍らの顔を見上げる。月を遮って影が落ちてきた時には、もう自然と瞼は閉じていた。

柔らかい感触が唇に重なり、やがてそれは深く力強い口づけへと変わっていく。昨夜のような激しさはない代わり、しっとりとした長い時間を互いに分け合うキスだった。

唇が離れてからも瞳を開く勇気が出なくて、抄は反射的に顔を俯かせる。二度目があるとは思っていなかったので、今更ながら心臓が早鐘のように鳴っていた。鼓動の速さに身体が

壊れてしまいそうで、どうにかしなくてはと焦りが募る。仕方なく目を開いたら、こちらを覗き込んでいる潤としっかり視線が合ってしまった。

「な……なんですか……」

「いや、なんでも。今日は悪かったな。莉大のことで、いろいろ面倒かけて」

「え……」

「本当は、俺から頼もうと思っていたんだ。バイトに雇ってやってくれって。でも、抄から言い出してくれて良かったよ。これで変な気兼ねしないで済むだろうし」

「……そんなことは、ないですよ。莉大も、事実ですから……」

まるで何もなかったような調子で先刻の話を振られたので、抄も答えないわけにはいかなかった。それでも、まだ声が真実を、身体が夢を追っている。そんな不安定な気持ちに胸を押し潰されそうになり、現実に意識を傾けなければと懸命に努力した。

「僕の方こそ、助かっています。あの子、見た目よりも働き者ですよね」

「見た目、そんなにちゃらちゃらしてるかぁ？」

「そういう意味じゃなくて。あの……まだ若いし、あまり苦労してないのかと」

「おまえだって、同じだよ」

軽く受け流した潤は瞳だけで微笑むと、抄のさらさらの髪にそっと手を伸ばす。特に抵抗もせずにおとなしくしていたら、しばらく指先に絡めたり軽く引っ張ったり子どものような真似をしていたが、やがてゆっくりと解放してくれた。

「……あのな、抄」

「はい？」

「おまえにだけは、一応言っておくわ。莉大……あいつな」

「…………」

「ちょっと事情があって、恋人から逃げているんだ」

「え……」

話というのは、莉大についてだったのか。

自分のことではないとわかって気落ちしたのは否めないが、もともと大きな期待を抱いていたわけではない。抄は希望を胸に閉じ込め、今度こそ完璧に普段の顔を取り戻した。

「莉大くんに恋人……ですか。あの、それはどういう……？」

「う〜ん、あんまり詳しく話すのもなんだけど、早い話が別れ話のもつれってヤツだな。とにかく、莉大は別れるつもりでいるらしい。ただし、まだちゃんと別れ話をしてるわけじゃないんだ。あいつが頑なに帰りたがらないのも、恋人と同じ部屋だからで……」

「じゃあ、莉大くんの彼女は彼がウチにいるって、知らないんですね」

「うん、そう。だけどな、生憎と彼女じゃない」

「え？」

「——彼、なんだ。莉大の恋人は、男だ」

「男……」

さすがの潤も、最後のセリフは少し言いづらそうだった。裕のことがあるとはいえ、莉大の恋人が同性であるという事実を本人抜きで語るのは、やっぱり気が引けるのだろう。

けれど、抄の方は潤の思惑とは別の意味でショックを受けていた。

もし莉大がゲイなら、潤も恋愛対象になる可能性がある。そのことが、これではっきりしたからだ。それでなくても二人の仲は親密だし、恐らく潤は莉大の別れ話にもまったく無関係ではないだろう。

（そうだったのか……）

抄の瞼に、莉大が不安な瞳で潤の手を握りしめた映像が蘇る。

嫉妬を覚えるにはあまりに莉大の表情が無防備すぎて、どうしても抄は彼が嫌いになれなかった。いっそ潤に問い詰めてみようかとも考えたが、自分の気持ちを悟られてしまったらと思うと怖くてそれも叶わない。

「ま、相手が男か女かは、この際どうでもいいんだけどな」

そんな風に言う潤自身が、細かいことにこだわるタイプではないのだろう。そうでなければ、いくら義理とはいえ兄弟の自分に二度もキスを仕掛けたりはしないだろうし、平然とした顔で話の続きを始めたりなど出来ないに違いない。

「莉大と俺たちは、境遇が似ているんだ。あいつにも身内がいないし、ああいう勝ち気な性格だから、親しい人間もあんまりいない。だから……」

「潤さんが、面倒を見ているんですね」

そんなこと、今更言わなくてもとっくにわかっている。抄が知りたいのは、もっと深い所にあった。キスした直後の唇で、莉大の名前を口にする潤の真意は何かということだ。気まぐれな催眠術のように、夢を見せたり覚めさせたりする本当の理由が知りたかった。

沈黙が長かったせいだろうか。どちらも次の言葉を口にする機会を逃し、なんとなく気まずい雰囲気がその場に漂う。やがて潤は緩やかに視線を空へ向けると、真っ黒な影となった廃墟の教会と、その上に浮かんだ悲しい三日月を見つめて呟いた。

「おまえは、優しいな」

「潤さん……？」

「そうやって、なんでも許しているんだろ。莉大のことも、俺のことも」

「許すなんて……僕は、そんな偉い人間じゃありません」

「でも、偉かったよな？」

ようやく、視線が空から降りてくる。

再び抄と目線を合わせると、潤は彼らしくもなく淡々とした口調で話し始めた。

「おまえがこの場所でムスッとして座っているのは、必ず誰かを思いやっている時だった。

成績が悪いと両親がガッカリするんじゃないか、学校でお金がかかるのは負担なんじゃないか。ウチはホテルがあったし一度に兄弟が増えたせいで、いつもガチャガチャ忙しかったからな。子ども心にも、手のかからない子でいるのが親孝行だと思っていたんだろ？」

「……ただ、可愛げのない子どもだっただけですよ」

「バカだな、違うよ。おまえは、ちゃんと両親を好きだった。だから、手間のかからない子どもでいることで、両親の役に立ちたかったのさ。お袋が言ってたことがある。〝抄は、とても優しい子だ〟って。おまえのそういうところ、ホントに愛しかったみたいだぜ？」

「母さんが……」

「俺、手紙のやり取りだけは年に何回かしてたから。でも、おまえがいるから淋しくないってさ。だけど、俺がいなくなったせいでホテルの仕事を継がなきゃって、少しムキになっているみたいだって心配してた。おまえ、それで大学進学もやめたんだってな。それを知った時、さすがに俺も責任感じたよ。あれだけ優秀な進学校に通っていて、トップの成績なのに進学しなかったのクラスで抄だけだって聞いた」

「うわ。母さんは、そんなことまで手紙に書いていたんですか。まいったな……」

なんだか居たたまれない気分になって、みるみる抄は顔を赤くする。

両親の遺品から潤の手紙が出てきたので、連絡を取っていたことは知っていた。だが、まさか母親がそこまで自分を気遣っていたとは思いもよらなかった。血は繋がらなくても愛情は人並み以上に注がれて育ったし、家の犠牲になって進学を諦めたなんてただの一度も思わなかったから、そんな風に親が考えていたなんて知る由もなかったのだ。

「親たちにしてみれば、なまじ抄の出来が良かっただけに地元に縛りつけるのもどうかって迷いがあったんだろうさ。けど、この件に関して俺は意見を言う資格がないからなぁ」

「そんな……だって、父さんたちとはちゃんと話し合って決めたんですよ？」

「だから、おまえが出来すぎだったんだって。綺麗で頭が良くて優しくて、おまけに性格まで良けりゃ、親なら誰だって考えるよ。こんな小さなホテルに縛っていいのかってさ」

「僕は……僕は、『小泉館』が好きなんです。だから、父さんや母さんたちと一緒にいつまでもホテルを守っていきたかったんです。それだけだったのに……」

そう答えながら、ようやく抄は一つの真実に行き着いた。

長男の潤がいなくなってしまったのだから、次男の自分が『小泉館』を守らなくてはならない。そう頑なに思い込んだせいで、両親が亡くなった時には気が抜けてしまい、ホテルをたたむことすら考えた。けれど、それは間違いだったのだ。

「僕が好きで選んだ仕事なんだから、母さんたちも気にする必要なんかなかったんですよ」

「ま、嫌いで続けられるほど、楽な商売じゃないしな。第一、今でも営業出来てるのが不思議なくらいだよ。ウチはリピーターが多いから、そのお陰だな」

「それと、潤さんの料理ですね。本当は、レストランだけでもいいくらいですから」

「まぁな」

事実とはいえ、少しの遠慮もなくいけしゃあしゃあと頷くと、潤は煙草を一本口に銜《くわ》えて火をつける。レストランが忙しくなるにつれて本数はかなり減っていたが、それでも国産の一番きつい種類を手放したことはないようだ。

抄が知る限り、潤ほど煙草の似合う指を持っている人はいなかった。指だけではなく、今夜はその眼差しも口元も、くゆらす煙の向こう側でいつもと違う表情をたたえているように見える。半ばうっとりと見惚れながら、月に照らされた横顔を見ている内に、つい今しがた自分が口にした言葉を抄は思い出した。

『自分が好きで選んだ仕事だから』

だから、今日まで続けてこられたのだ。

自分が好きで選んだ相手だから、そのキスを受け入れてしまうように。

「……そろそろ、帰るか？」

ゆっくりと一本吸い終わってから、潤が静かに声をかけてくる。抄は頷き、「いつか、おまえともう一度来ようと思っていた」と言った潤の気持ちを、改めて嬉しく噛みしめた。

潤と莉大の仲は気になるし、本当はキスの意味も問いただしてみたい。でも、今はまだこのままでもいいような気がした。潤が誰を愛しているのかということより、自分が彼を好きなんだという気持ちを、もっと大事にしていきたいと思ったから。

歩き出した潤の背中に向かい、抄は明るく口を開いた。

「潤さん。僕は、初めに言った潤さんのセリフを、一部訂正させてもらいます」

「初めのセリフ？　なんだっけ？」

「九月の風は、淋しいだけじゃありません。……けっこう優しいんですよ」

「詩人だねぇ」

返事の代わりに、微かな笑い声が風に乗って返ってきた。

◆◆◆ 3 ◆◆◆

青駒市《あおこま》に来るのは、三ヵ月ぶりくらいになるだろうか。

明るいグレーのパンツスーツに身を包んだ美百合《みゆり》は、久しぶりに目にする運河を複雑な表情で眺めていた。待ち合わせの時間は二時で、携帯の留守録には「十分ほど遅れます」とのメッセージが入っている。こっちは忙しい合間をぬって嫌々会ってやっているのに、と思うと時間通りに来てしまった自分が腹立たしくて仕方がなかった。

「……相変わらず、のどかな所ね。お坊ちゃんの浩明《ひろあき》さんには、ぴったりだわ」

せっかく両親との和解が成立したというのに、浩明は帰国するたびに実家ではなく『小泉館《こいずみかん》』へ居座って、恋人と青駒市の写真を撮り続けているという。古い石畳と運河の組み合わせは確かにロマンティックかもしれないが、それ以外はこれといった娯楽のない田舎街なのにも拘《かか》らず、だ。

「あら。この辺って、船が通っているのね」

横づけされたゴンドラ風の小舟が物珍しくてつい熱心に見入ってしまった美百合は、ハッと我に返るなり「私は彼とは違う」と慌てて心でつけ加えた。まったく、実業家の父の仕事を手伝ってあちこち飛び回っている人間に、この街の独特な時間の流れ方は調子を狂わされるばかりだ。憮然《ぶぜん》とした面持ちで腕を組んでいると、どこからか秋を知らせる萩の白い花びらが舞ってきた。そういえば、こんな風に意味もなく水面を眺めたり季節の花を感じたりするのは、ずいぶんと久しぶりな気がする。

「ごめん、美百合！　十五分、遅れた！」

「遅れるのは仕方ないけど、私を呼び捨てにするのは我慢ならないわ」

不躾《ぶしつ》けな声にキッと居住まいを正すと、美百合はこちらへ向かって駆けてくる茗《めい》をきつく睨《にら》みつけた。しかし、そんな視線には慣れっこなのか茗は無邪気に美百合の手を取ると「ホントに、ごめんな」と真面目《まじめ》な顔で囁《ささや》いてくる。高校生の分際で、自分の魅力を正確に把握しているであろう態度がまた腹立たしかった。

そんな二人なのでデートと呼べるほど甘いものではないが、こうして数ヵ月に一度の割合で、茗は美百合に誘いをかけてくる。大抵は忙しい彼女の都合に合わせて都心で会うというパターンだが、『小泉館』が珍しく混んでいるらしく休日は手伝いをしないと、と言われた。そこで、わざわざ美百合の方から青駒市まで出向いてきたのだ。

「せっかく美百合が来てくれたのに、残念だけど五時くらいまでしか時間が取れないんだ。この一週間、毎日新しい予約客が来てさ、バイトも臨時で雇ってるんだけど、けっこうバタバタしているんだよ」

待ち合わせたのが図書館の前だったので、そのまま高い石の門をくぐる。敷地が広大なため、ここは庭がちょっとした公園になっていた。天気がいいので中にあるオープンカフェに腰を落ち着け、ようやく茗は深々と溜《た》め息を漏らす。

「まぁ、私と会うなり溜め息なんかついているわ。生意気な男ね、帰ろうかしら」

「ち、違うよ、美百合とは関係ないって。言っただろ、ウチが忙しくてさ。俺、生まれてから初めてなんだよ。常に家に複数の他人がいるのって。だから、なんか慣れなくてさぁ」

「……ホテルの息子とは思えない発言だわ」

呆《あき》れて美百合が肩をすくめた時、注文したミルクティが運ばれてくる。彼女のお気に入りのバニラの香りのする紅茶は、茗が密《ひそ》かにリサーチしてこの店で発見したものだった。

「悪くないわね」

美味《おい》しいお茶で少し機嫌を直した美百合は、テーブルに肘《ひじ》をついて白く美しい指を組んだ。唇なんて贅沢は言わないが、口紅と同じ薄い珊瑚色《さんごいろ》で彩られた爪にキス出来る日は果たして来るのだろうかと、見ていた茗はまた溜め息をついてしまう。それを見た美百合は、今度は少々優しい声音《こわね》で言った。

「なんだか、相当疲れているみたいね。バイトの子って、そんなに役に立たないの？」

「へっ？　あ、いや……莉大《りお》は……そいつ莉大って名前なんだけど……よくやってるよ。ていうか、あいつはマジで凄《すご》い。楽して生きてますって感じの小綺麗《こぎれい》な顔してるんだけどさ、中身は確実に〝おしん〟入ってるね。抄《しょう》兄ちゃんなんか、ずっと一人でホテルを支えて生きてきたじゃん？　だから、助かる反面、自分の仕事が減って複雑な心境なんじゃないかな。まぁ、抄兄ちゃんはウチの看板なんだからいるだけでいいって俺も潤《じゅん》兄ちゃんも思ってるんだけど、本人はそう気楽にも構えていられないみたいだし。お客さんには相変わらす人気があっても、あの人はそういうことに疎《うと》いしね」

「それなら、あなたが手伝う必要ないじゃない。その子が、三人分は働いてるんでしょ」

「うん……。でも、俺がいた方が揉《も》め事にならないと思うんだ。初対面では嫌な奴って思ったけどよく知れば莉大はいい奴だし、抄兄ちゃんもあいつのことを可愛がってるけど……間に潤兄ちゃんが入ってるからさ……」

潤の名前を聞いて、美百合は露骨に不愉快な顔になる。彼女はかつて彼から手ひどい侮辱を受けたことがあり、その恨みを今でも忘れていないのだ。

「せっかくの機会だから言うけど、あの男のことで私に言えることはただ一つ。絶対、関わり合いになってはダメってことだけよ。へらへらしているくせに決して他人に本音を明かさない男なんて、信用出来る？」

「……俺も、潤兄ちゃんが何を考えているんだか、わからない時は多いけど……。でも、家族だからね。信用はしてるよ。ただ、莉大を連れてきたのが潤兄ちゃんで、なんかあの二人は仲がいいからさ。案外、抄兄ちゃんが淋《さび》しい思いしてるんじゃないかと思うんだ」

「それは当然よ。抄って、あの髪の長い綺麗な顔した人でしょう？　彼、あの男のことが好きだもの。ライバルが出てきたのなら、心中穏やかではないでしょうね」

「ええ？　そりゃ、俺だって潤兄ちゃんのことは好きだよ？」

何も考えていない茗の答えに、美百合は心底バカにした目つきになった。

「バカじゃないの、あなた。同じ屋根の下にいて、毎日見ていても気づかないわけ？」

「え、何を……」

「私は、彼が長男に〝恋してる〟って言ったのよ。そんなの、片手分くらいしか会ったことのない私にだって、すぐわかったわ。あの男と一緒にいる時、彼は目に見えて緊張しているじゃないの」

「マジ……？」

「帰ったら、気をつけてよく観察してみるといいわ。いい？　あの男が隣に来ると、抄さんは目の色に深みが増して、表情が微《かす》かに強張《こわば》って、口数が普段より多くなるから。私、仕事柄いろんな人間に会うから、人を見る目はだいぶ養ってきたつもりよ。あなたが、自分がいないと雰囲気が崩れるって不安を持つのは当たり前なの。あの男の表情はさすがに読めないからわからないけど、少なくとも抄さんの方は彼が好きなんだから」

浩明さんのことがあるから、そういう恋愛にも今更驚きはしないわよ。

いっきにまくしたてた美百合は、最後にそう呟《つぶや》くと、ゆっくり紅茶を飲み干した。

「……あら？　どうしたの？　私、正直に話しすぎたかしら」

ふと気がつけば、茗は自分のお茶にも手をつけず何事か真剣に考え込んでいる。だが、それも無理のないことかもしれない。男同士うんぬんを抜きにしても、潤と抄は二人とも茗の中では兄として存在しており、それ以外の何者でもないのだ。裕《ゆう》の場合は相手が他人だったからまだ良かったが、二人の兄が恋に落ちる図など、普通に生きてきた高校生には想像すらしたくないだろう。

「美百合」

「呼び捨ては気になるけど、場合が場合だから許すわ。なあに？」

「俺、美百合が好きだ」

しばらく熱心に考え事をしていたかと思えば、とんでもないことを言い出してくる。驚いた美百合は一瞬返事に詰まったが、茗は構わずテーブルの上に身を乗り出してきた。

「本気だ。俺、決心した。もし美百合の言うことが本当で、潤兄ちゃんと抄兄ちゃんがそういう関係になったとしたら、俺が頑張らないと小泉家の血が絶えちゃうじゃないか。いや、もともと俺は養子なんだけどさ、それはいくらなんでも死んだ父さんたちに申し訳ないと思うんだ。だから……」

はっしと熱っぽい手で美百合の手を握り締め、茗は綺麗な爪へ唇を寄せる。

「だから……俺の子どもを産んでくれ！」

バッシーン！

美百合の平手が茗の頬《ほお》で爽快に炸裂する音が、青い空へと吸い込まれていった。

フロントの椅子に座り、青駒市の地図を手にした抄はホッと息をつく。金曜から泊まりにきている若い女性の二人組にしきりとお茶に行こうと誘われ、断るのにひと苦労だったからだ。他にも、チェックアウトを済ませた別のお客から一日延泊したいとの申し出があり、予約がいっぱいだと納得してもらうのにえらく時間がかかってしまった。

（なんだか……自信がなくなるなぁ……）

たった一週間、五部屋が満室になっているだけなのに、早くもめげそうになっている。接客には自信があるが、気持ちの方が先に疲れてしまったのだ。冷静に考えてみれば大した人数でもないのに、普段限られた人間としか接しない生活が長すぎたせいか、ホテル業に向いていない体質になってしまったのかもしれない。

（その点、莉大くんは立派ですね）

飲み込みと頭の回転が速い彼は接客態度も堂々としたもので、ベッドメイキングも今では抄より素早く仕上げてみせる。いつだったか潤が「後続を育てろ」と言っていたが、確かにこんな従業員がいたらどんなホテルでも頼もしいに違いない。

午後の早い時間、宿泊客は全員出払っていて『小泉館』にも束の間の安息が訪れている。浩明の写真に惹かれて来た人ばかりなので、ロケに使われた場所を地図で教えてあげるサービスを付けたのだが、狭い街なので二日もあれば充分見て回れるだろう。

レストランの方では、ランチの終わった潤とエマが今頃同じようにへたばっている筈《はず》だ。

抄は潤が用意しておいてくれたミートボールのスープとブリオッシュの昼食を先ほど食べたが、彼らは食事をするヒマなどなかったかもしれない。ふと心配になった抄は、レストランを覗《のぞ》いてみようかという気になった。

（ちょうどお客様も留守だし、後片付けくらい手伝ってあげようかな）

そう思ったら、現金なことに急に元気が出てきた。お互い忙しかったので、このところ同じ部屋にいながら潤とはろくに会話もせず、倒れるようにそれぞれのベッドで眠る日が続いていたのだ。

ところが、抄が勢い良く椅子から立ち上がった瞬間、意外にも視界にエマの姿が映った。ほっそりとしたスタイルを生かした黒のブラウスにピンクのスリムパンツという出《い》で立ちの彼女は、てっきりぐったりしていると思っていたのに余裕の表情で煙草《たばこ》など吸っている。やがて、エマは抄の視線に気がつくと屈託なくフロントまで近づいてきた。

「お疲れさま、抄さん。なんだか、毎日イヤになるくらい忙しいね」

「ええ……あの、もういいんですか、厨房の方は。僕、これから手伝いにいこうかと……」

「それが、莉大くんが来てさ。ホテルの仕事は片付いて手が空いたからって、潤さんと後片付けしてくれてるの。あの子、家政婦とかどっかでやってたの？　すっごい要領良くて、おかげであたしは六時まで休みもらっちゃった。だから、ちょっと家に帰ろうかなって思って」

「莉大くんが……？」

「うん。ほら、あたしこのところ休みなしだったでしょ？　潤さんが、いいよって言ってくれたんだ。莉大くんの手際がいいから、どのみち二人はいらないし」

「そう……ですか」

「あ、そうだ。ねぇ、抄さん」

気落ちした抄の胸中など知らないエマは、悪戯《いたずら》っ子のような目をしてフロントに肘をつくと声を潜めて身体《からだ》を乗り出してくる。

「潤さんって、この間まで昼休みになるとしょっちゅう出かけていたじゃない？　その相手が誰なのか、抄さんは知ってた？」

「い、いいえ、聞いていませんけど……」

「——莉大くんだったんだって」

「本当ですか……？」

「うん。今日、本人から聞いたんだから本当よ。もう、びっくりしちゃった。あたし、てっきり新しい彼女だろうと思ってて、今度の相手にはずいぶん熱心だなぁなんて感心してたのよね。そしたら、毎日莉大くんと会ってたっていうじゃない。マジで、驚いたわよ」

「じゃ……もしかして、たまに夜に出かけていたのも……」

「そうそう。やっぱり、相手は莉大くんなんだってさ」

エマにしてみれば、好奇心をかきたてられる格好の話題にすぎないのだろう。しかし、聞いている抄にとってはあまり冷静ではいられない事実だった。

言われて思い返してみれば、確かに莉大が『小泉館』へやってきたあたりから、潤は出かけなくなっていた。いつもの短い火遊びだと大して気にも留めていなかったのだが、エマの話が真実だとすればそれでぴったりつじつまが合う。

(なんだ……そうだったんだ……)

知り合いなのはわかっていたが、毎日会っていたとは想像もしていなかった。この間潤から打ち明けられた話によれば、莉大は恋人と別れようとしているらしいので、恐らくその相談に乗っていたのだろう。だが、親密な彼らを見ていると、もしかしたら特別な感情が芽生えているのでは、と嫌でも勘ぐりたくなる時がある。エマの興味もそこにあるらしく彼女はしきりと抄の意見を聞きたがったが、頭の中がぐるぐるになってしまった抄は微笑で誤魔化すのが精一杯だった。

「でもねぇ、なんだか潤さんてやるよねぇ。前からそうだけど、あの人の付き合う相手って美人ばっかりだったじゃない？　それが、いくら可愛いからっていきなり男の子でしょお。

まぁ、毎日会っていたからって即デキてるとは言えないけど、それにしちゃ莉大くんのなつきようは激しいもんね。まったく、潤さんも許容範囲が広いっつーかなんつーか、なんだかあたし楽しくなってきちゃった。男同士でも、絵的に許せればけっこう悪くないわよね」

「そ、そういうものですか？　でも、そんな簡単に……」

「ダメよ、抄さん。あの裕くんのお兄さんが、そんなこと言っちゃ！」

抄に明るく釘を刺して、エマはニンマリとご機嫌な笑みを浮かべる。得意の微笑を強張らせて動揺する姿が、どうやら彼女をいたく満足させたらしい。だが、抄自身が潤へ特別な感情を抱《いだ》いているとは、さすがに思いもよらないようだった。

「傍《はた》で見てるとさ、浩明さんと裕なんて堂々としているし充分幸せそうじゃない？」

「ええ。その点は、僕も安心しているんです。世間って、意外に大らかなんですね……」

穏やかに愛を育《はぐく》む弟へ思いを馳《は》せ、抄はホッと大きな溜め息を漏らした。

男同士と聞いても特に拒否反応を示さないなんて、なんだか世の中も変わったものだ。だが、考えてみればエマにとっては潤も莉大も他人だし、自分には直接なんの影響もないのだから、これが普通の反応といえるかもしれない。

もしも茗が同じ話題を振られたら身内なだけに気分は複雑だろうし、まして弾みとはいえ自分と潤が二度もキスしているなんて知った日には、どんなにショックを受けるか計りしれない。それを考えると、真剣に怖かった。

（……そうだ。絶対、茗くんには隠し通さないといけない。キスのことも、僕の想いも……）

今更ながら心に誓う抄だったが、それは潤への恋心を一生秘めるということでもある。初めから望みを抱いてなどいなかったが、諦《あきら》めると自分自身に告げるのは本気で好きなだけにやはり辛《つら》かった。

（でも……）

抄にとって何より大切なのは、三人の兄弟と『小泉館』だ。血の繋《つな》がらない寄せ集めの家族ではあるが、精神的な絆《きずな》の強さは本物の兄弟にも負けない自信がある。もし、自分と潤が恋仲になることでそのバランスが崩れてしまったら、とても耐えられない。

（いいんだ。自分の中で大切に想っていこうって、そう決めたんだから――）

まるで、生まれて初めて恋をした幼い子どもみたいだ。

不器用な恋心を揶揄《やゆ》して抄が微笑《ほほえ》みかけた時、ホテルの扉がおもむろに開いた。

「ただいま」

「きゃあっ」

「め、茗くん。どうしたんですか、その顔はっ」

抄もエマも驚いて、真っ赤に腫《は》れた茗の左頬に釘づけになる。だが、当の本人はさして気にした風でもなく、「兄ちゃん、速達が来てたよ」と白い封筒を差し出してきた。

「あれ、エマちゃん？　今日は、やけに余裕じゃん。どうしたの？」

「あ、あたしは、莉大くんが手伝いに来たんでバトンタッチして……。それより、ほっぺたが真っ赤だよ？　もしかして、誰かとケンカでもしてきたの？」

「ケンカ……？　確か、茗くん美百合さんとデートだって言ってましたよね？」

いくら本人が平然としていても、やはり腫れた頬を無視することなど出来ない。エマと二人してなおも問い詰めると、茗は渋々「ケンカじゃねぇよ」と白状した。

「口説いたんだけど、失敗しただけ。でも、諦めたわけじゃないからな。それに、エマちゃんも莉大に自分の仕事を取られていいのかよ？　抄兄ちゃんもさ、こんなとこでボンヤリしてる場合じゃないんじゃないの」

「え……？」

「俺、知らないからな。はっきり言って、自分の恋愛で頭いっぱいなんだから。でも、抄兄ちゃんはどっか浮世離れしてるから、そんなこと言っても仕方ないか。なぁ、兄ちゃん。お互い状況は厳しいけど頑張ろうぜ。そんで、明るい明日を一緒に摑《つか》もうな！」

「は、はぁ……」

なんのことやらさっぱりわからなかったが、茗は一人で燃えている。十五歳にして早くも運命の恋を見つけたとでも言いたげに、その瞳はやる気と情熱に満ち満ちていた。

雑用は莉大が片付けたと告げると、茗は「そんじゃ、俺も混ざってこよう」と二人が仲良く皿洗い中の厨房へ足を向ける。今から行ってもやることなんかないわよ、とエマが声をかけても、背中を向けたまま軽く右手を振って取り合わなかった。

「なんなの、あの子。明るい明日って、なんで抄さんを引き合いに出すのよねぇ？」

「僕にも、何がなんだか……。でも、とりあえず元気みたいですから」

「ま、そうね。振られて落ち込んでるって風でもなかったし、心配いらないかな。それにしても、やっぱり変だなぁ。あいつ、潤さんと莉大くんの邪魔しようとしてるみたいよ？」

「そ……そうですか？」

「気のせいかな。抄さんに発破かけてたよね？　何、考えてるんだろ」

「……さぁ……」

エマの疑問はもっともだし、「お互い状況は厳しい」なんて言い草も大いに気になるところだ。しかし、今の抄には発言の真意を問う気力はなかった。

「とにかく、茗くんは何かやる気を出したみたいですね」

先ほどの口ぶりから察すると茗は美百合との恋に本腰を入れるつもりらしい。だが、頬の腫れから考えても楽観視出来る状態ではないのだろう。それなのに彼の情熱は羨《うらや》ましいくらい前向きで、とにかく無条件に応援したい気持ちにさせられたのだけは確かだった。

(明るい明日……か)

茗の言い残した言葉は、恋の成就を望まない自分には眩《まぶ》しく響いてくる。

本当に、それが許されるものならば。

明るい明日というやつに、抄も向かってみたかった。


「あれ、おまえもうシャワー浴びたのか？　それは、ちょっとまずいなぁ」

パジャマ姿の抄を見て、部屋へ入るなり潤は残念そうな声を出す。昼間からの疲れがなかなか抜けないので、雑用は明日にして今夜はもう寝ようとベッドへ向かった時だった。

客室にはシャワーかバスタブがついているが、小泉家のプライベートに使われている四階だけは別で、廊下の突き当たりに共同の広いバスルームがある。いつもは十一時近くが一番混むのだが、何故だか今日に限って誰も順番待ちをしていなかったのだ。しかし、どうやらその答えは潤の右手にある赤ワインのボトルにあるらしかった。

「そっかぁ、もう寝るところだったんだな。悪い、悪い」

「別に構いませんけど、何か用事でもあったんですか？」

「ん……いや、用事ってほどのもんじゃないんだけどな。今夜は、月が凄く綺麗だって三号室のお客さんが言い出して、そしたらいつの間にか月見をしようって話で盛り上がってさ。まだ仲秋の名月とまではいかないけど、屋上でワインと缶ビールを開けて、ツマミはオリーブのマリネにヤリイカのフリットを用意したんだ。会費は一人二千円。いいだろ？」

「それは全然構いませんが、誰が参加しているんです？」

「三号室の女の子と、二号室の若いカップル。あと、五号室のおっさんも来るってさ。ウチの方は莉大と茗が参加するけど、生憎《あいにく》とエマはデートとかでさっさと帰った。あ、茗は明日学校があるから、ちゃんと先に寝かせるよ。長男の名にかけて」

四月の花見以来、屋上で人を集めて騒ぐのは久しぶりなので潤は浮かれているようだ。だが、最初のセリフが引っかかっている抄は、どこか胡散臭《うさんくさ》い目で彼を見てしまった。大体、シャワーを浴びていたら何が「まずい」のだろう。

とりあえず着替えてから考えようと抄がパジャマのボタンに指をかけると、それまで機嫌の良かった潤が不意に真顔になって指を押さえてきた。

「──抄。残念だけど、おまえはダメだ。参加しないで、先に寝てなさい」

「え、どうしてですか？　ウチが主催なんですから、僕もちゃんと顔を出しますよ」

「そんなの気にするなって。一応、報告に来ただけなんだから。第一、おまえ疲れてるんだろ？　普段から酒だってそんな飲まないんだし、無理することないって」

「疲れてるっていったら、潤さんだって同じじゃないですか。このところ、夜になるとベッドに直行で、それでもあまり眠れてないんでしょう？」

「……なんでわかる？」

「起き抜けの様子を見れば、わかります。いつも、寝不足の顔してるじゃ……」

「とにかく」

強引に抄のセリフを遮って、潤はもう一度ゆっくりと言った。

「抄は、月見に参加するな。ぐずぐず言わないで、このまま寝なさい」

「そんなの、納得出来ませんよ。なんで、僕だけダメなんですか」

「……それはだな」

「はい」

「髪が……」

潤は、抄の肩にかかった黒髪をさらさらと指先ですくう。その仕種は控えめで細やかだったのにも拘らず、抄の全身を淡く搦《から》め捕《と》った。

「潤……さん？」

「ほら、髪がまだ生乾きだ」

まだ湿っている髪へ思わせぶりに唇を寄せ、潤は艶《つや》のある声で低く囁く。

「こんな状態で夜風に当たったら、風邪ひくだろ？」

「そ、そんなの理由にならないじゃないですか。髪なんて、すぐ乾きますよ」

「おまえねぇ」

なおも食い下がったら、今度は溜め息までつかれてしまった。

「ほんっと、絶望的なくらいわかってないなぁ」

「わかってないって、だから何がですか」

「いいか、ちゃんと聞くんだぞ？」

いつになく真剣な眼差《まなざ》しで、ジッとこちらを見返してくる。こんな風に見つめ合うのは教会で話した夜以来なので、抄もつい引き寄せられるように彼の次の言葉を待った。

「真面目な話」

と、潤は言った。

「おまえは、湯上がりの姿で人前になんか出ちゃいけません」

「……は？」

「は？　じゃないだろ。湯上がりで髪も洗いたてなのに、気楽に人前へ出るなって言ってるんだって。まして、客がいる場所なんて冗談じゃない。そうだろ？」

「な……何が〝そうだろ？〟なんですか……？」

まったく話が見えない抄は、ますます眉間《みけん》に皺《しわ》が寄るばかりだ。これまでは宿泊客が少なかったこともあり、風呂上がりにそうそう他人の前へ出る機会などなかったが、まさかそんなくだらないことを潤がここまで真面目に訴えてくるとは思わなかったのだ。

もしかしたら、これは新手の冗談だろうか。

そう考えるのが妥当と判断した抄は、着替えを続けようとして再び止められた。

「こらこらっ、人の話をちゃんと聞いてるのかよっ。月見なんか、まだいくらでもチャンスがあるだろ。今夜のところは、諦めなさい」

「だって、変じゃないですか。若い娘じゃあるまいし、なんで僕が湯上がりで顔を出したらダメなのか潤さんの説明じゃよくわかりません。とにかく、着替えて屋上へ……」

「だから……ああ、もう面倒くせぇなっ」

ちょん、と潤の人差し指が胸に当たり、あっと思った次の瞬間、ベッドへ仰向《あおむ》けに倒れ込む。反射的に抄は起き上がろうとしたが、潤に両肩をしっかり摑まれて身動きが出来なかった。彼はそのまま抄の身体へ伸しかかるようにして、「……ほら」と笑う。

「こんな風に無防備になるから、ダメだって言ってるんだよ」

「それは……潤さんが身内だからで……」

「身内？　へぇ、そうか。おまえ、やっと俺のこと身内って認めてくれたんだなぁ」

さして嬉《うれ》しそうでもなく、潤は「ありがとう」とつけ加える。それから、肩を摑んでいた力を不意に緩めると静かに顔を近づけてきた。

一瞬、抄はキスされるのかと思い、僅《わず》かに身を硬くする。だが、潤は素通りしてシーツに顔を埋《うず》めると、身体を重ねたまま疲れたように長い吐息を漏らした。

「じゅ、潤さん……？　どうしたんですか？」

「どうもしない。ちょっと疲れただけ。おまえが、あんまり聞き分けないから」

「聞き分け……って、人を子ども扱いしないでくださいよ」

「そうだよな。チーズも食えるようになったしなぁ？」

「潤さん……」

「帰ってきて、驚いたよ。抄、チーズが食えるようになってるんだもんな。せっかく、俺が美味《うま》いチーズムースを修業してきたのに。やっぱり、十年って長いんだなぁ」

「覚えて……いたんですか……」

「当然」

独り言めいた呟きは、どこか拗《す》ねた響きをしている。彼の重みを肌で感じながら抄はそっと背中へ両手を回し、しみじみとした幸福感で胸をいっぱいに満たした。

最後の約束を、潤はちゃんと覚えていた。

そのことが、抄をかつてないほど幸せな気持ちにする。もしも時を超えられるものなら、置いていかれたと嘆く自分に「悲しまなくていいんだよ」と教えてあげたかった。置き手紙を手に「嘘つき」と呟いた自分に、未来の幸福な姿を見せてあげたかった。

『美味そうだろ？　甘さは少し調節して、うんと食べやすくしてやるから』

あの日、瞳を伏せた抄の耳元で潤はそう言って微笑んだ。あの囁きと笑顔が、ようやく自分の元へ戻ってきたのだ。潤の体温を腕に閉じ込めて、抄はうっとりとそんな風に思った。

そうなんだ、と胸で呟く。

潤は、本当に『小泉館』へ帰ってきた。もう、どこにも行ったりはしない。

胸の奥で凍《い》てついていた不安が、静かに溶けていくのを抄は感じる。潤が姿を現してからの二年間、信じたくて信じられなくて、自分でも滑稽《こっけい》なほど素直になれなかった。でも、これからは置き去りにされる心配などしなくてもいい。そのことが、何より嬉しかった。

「おまえ、呑気《のんき》な奴だなぁ」

いい加減シーツにも飽きたのか、潤がだるそうに頭を起こす。前髪がボサボサになっているせいか、人を食った目つきが子どもっぽくて彼まで昔の姿になってしまったようだ。奇妙な既視感に、抄は思わず笑ってしまった。

「お、なんか意外だな。この態勢で、笑う余裕まであるのか。だけど、茗がうっかり部屋に入ってきたら、まず言い訳がきかない状況だぞ？　どうする？」

「えっ？　あっ！」

瞬時に現実へ戻った抄は、急いで身体を起こそうとする。しかし、潤が絶妙のバランスで体重をかけているため、空《むな》しくその場でもがくだけに留まった。

「じゅ、潤さん、お願いだから退《ど》いてくださいっ。月見はどうしたんですか、月見はっ」

「なんだ、いきなり我に返っちゃったのか？　さっきまで、俺の下でニコニコしてたのに」

「そういう誤解を招く言い方は、やめてください。ぼ、僕がいつ」

たまりかねて抗議すると、潤は楽しくて仕方がないといった調子で「つれないなぁ。キスまでした仲なのになぁ」と、ニコニコ笑顔を向けてくる。不器用な抄は上手《うま》くかわすことも出来ず、たちまち続きの言葉に詰まってしまった。

「あれ……あれは……あれは……」

「あれは？」

「その……なんていうか、あれは、キスとかそんなんじゃゃ……」

「なんで？　舌まで入れてないから？」

ダメ押しにとんでもないセリフが潤から飛び出し、抄の全身はカッと熱くなる。このままグズグズしていたら、本当に茗が呼びにきてしまうかもしれない。あるいは、潤が冗談では済まない気持ちに気づいてしまったら。次々とそんな考えが頭に浮かんでは消え、いっそどうにでもなれという投げやりな衝動にさえ襲われた。

「潤さんは……どういうつもりなんですか……」

気がついたら、そんな言葉が唇から零《こぼ》れていた。

「そうやっていつもふざけるから、僕にはあなたが何を考えているのか、少しもわかりません。本当に、茗くんに見られてもいいんですか？　ちゃんと、彼に言い訳してくれるんですか？　僕には、潤さんがキスしてきた意味だって、よくわからない……。勝手に人前へ出るなとか、そんなわけのわからないことばかり言われたって、どこまでが本気の言葉なんだか知りようがないじゃないですか」

「…………」

「全部、冗談ならそれでもいいんです。でも、それならどうして、僕が忘れようとしているのに思い出させるんですか。僕が……冗談だと思わなかったら、どうするんですか」

「おまえ、それ……」

「え？」

「本気なんだって、聞こえる——」

「本気なんかじゃありません！」

自分でも驚くほど強く、潤のセリフを否定する。雰囲気に流されて認めてしまうほど、軽い決心をしていたわけではなかった。たとえ世界が引っ繰り返り、この場で潤から愛を告白されるようなことがあっても、抄は本心を明かすつもりはなかった。

「……本気で、キスしたわけじゃありません。そんなことしたら、我が家はメチャクチャになってしまう……。潤さん、僕たちは兄弟なんですよ？」

「お？」

「忘れているかもしれないから、もう一度言います。僕たちは、兄弟なんです」

一点の染みもない正論に勇気を得て、抄はきっぱりと言い切った。同時に心のどこかで、これでもう潤は気まぐれにキスを仕掛けてくることはないだろう、と思ったりもしたが、そんな不埒《ふらち》な感傷は急いで頭から振り払う。とにかく、今はこれ以上つけ込まれる隙《すき》を見せたくなかった。

狼狽《うろた》えていた抄が立ち直ってしまったので、潤はなんだか面白くなさそうだ。少しふて腐れたように唇を噛《か》み、「ホントに、気が強いよ……」と半ば称賛の響きを込めて呟いた。

「でも、俺は持論だけは曲げないからな」

「持論？」

「湯上がりで人前に出るのは、やめなさい」

まだ言ってるのか、とガックリ力が抜ける思いだったが、どうしても月見をしたいわけでもなかったので、とりあえずそこだけは折れることにする。湯上がりといっても髪はすっかり乾いてしまっているし、潤が何にそこまでこだわるのかさっぱりわからなかったが、詳しく問いただす気力もなかった。

「わかりました、僕は月見には参加しません。じゃあ、もう寝ますから……」

「抄兄ちゃん、電話だよ」

突然、茗が場違いに平和な声で、開けっ放しのドアから入ってくる。

次の瞬間、ベッドに重なって横たわる潤と抄、そして入口に突っ立った茗は、それぞれ顔を見合わせたまま気まずくその場に固まった。

「めっ、茗くん、これはですね……っ」

「おまえ、部屋に入る時はノックしてからだろ？　……ったくしょうがねぇなぁ」

「潤さんは、黙っていてくださいっ」

ふざけている場合じゃないのが、どうしてこの男にはわからないのだろう。抄は潤の下でジタバタ暴れながら、もっとも恐れていた事態が起きてしまったことに激しく動揺した。子どもじゃあるまいし、遊んでいたとかプロレスごっこをしていたとか、そんな言い訳が通る筈もない。下手に動揺を見せれば余計に怪しいとは思うのだが、何か言わねばと焦りばかりが募り、口をぱくぱくさせるので精一杯という有様だ。

ところが。

「いい年して、何ふざけてんだよ。抄兄ちゃん、電話だってば」

「え……」

「あと、潤兄ちゃん。皆、ワイン待ってるんだからな。早く屋上来てくれよ？」

固まったのは最初だけで、茗はまったく気にも留めていないようだ。さっさと用件を伝えると宴会に参加するために部屋から出ていってしまい、後には脱力しきった抄と何も変わらない潤だけが残された。

「茗くん……どうして……？」

ひたすら困惑する抄は、なんだか狐につままれたような気分になる。それとも自分が意識しすぎていただけで、男が二人でベッドの上に重なり合うという構図は、今日び騒ぐほどのことでもないのだろうか。

なんとなく釈然としない抄に、潤がさらりと答えを出してくれた。

「あいつが、大人だからだろ」


夜間は照明を落とすので、ロビーに光をもたらすのは階段と電話室の明かりだけだ。茗が呼びにきてからかなり時間がたってしまったので、もう切れてしまったかと危惧しながら受話器を取った抄は、そこで思いがけない人物の声を耳にした。

『もしもし、小泉か？　俺、榊《さかき》だけど』

「榊……あ、もしかして榊和臣《かずおみ》？　宝沙《ほうしゃ》高校の？」

『そうそう。三年間、同じ国立理系クラスだった榊だよ。覚えていたか？』

「覚えていたも何も……。榊、卒業してから全然連絡寄越さないじゃないか。何回かメールしたのに、返信もくれないで何してたんだよ」

『ああ、ごめん、ごめん。ずっと気にしていたんだけど、いろいろあってさ……。そうだ、御両親のことも気の毒だったな。なんの力にもなれなくて、本当にすまなかった。俺、ちょうど海外出張でお葬式にも顔を出せなくて』

「いいよ、弔電はくれたんだし。あれで、榊が生きてるって知ったんだった」

『おまえなぁ……』

旧友とのくだけた会話は、なんだか抄をホッとさせる。それに榊和臣とは単に同じクラスだったというだけでなく、けっこう親しく付き合っていたので尚更だ。高校時代、さほど社交的ではなかった抄の数少ない友人の一人が彼で、人当たりの良い榊と取っ付き難《にく》い抄ではずいぶんアンバランスだと皆に不思議がられていたものだ。確か、彼は大学を卒業した後、東京の大手化粧品メーカーに入って活躍していると聞いていたが、電話で聞く懐かしい声は相変わらず温和で物柔らかく、長年のブランクを何も感じさせなかった。

「でも、連絡なら携帯にしてくれても良かったのに。番号、変わってないんだし」

『え、そうなのか。いや、卒業してだいぶたつからと思ったんだけど、そういうところ小泉らしいよなぁ。そうだ、おまえ結婚は？』

「それなら、僕より榊の方が先じゃないのか？　まっとうな勤め人なんだから」

『俺はサラリーマンっていうより、研究員だしな。まっとうかどうかは……あ、いけね。こんな話をしてる場合じゃないんだよ。あの……夜遅くに悪い。もしかして寝てたか？』

「大丈夫、まだ起きてたよ。でも、急にどうしたんだ？」

抄が率直に尋ねると、電話の向こうでためらう気配が感じられる。榊は昔から嘘のつけない優しい男で、柔和な外見を裏切らない誠実な人柄をしていた。誰にでも平等に親切で、時にはバカがつくくらいお人好しな面も覗かせる、あの純真さは健在なのだろうか。

『別に……なんでもないよ。悪いな、変な心配させて』

案の定、何か言いたげな様子ではあったが、遠慮があるのか榊は何も言わなかった。

『電話したのはさ、あの……手紙が届いているかと思って』

「手紙？　手紙って榊が僕に？」

『あれ、届いてないか？　おかしいなぁ、速達で出したのに。見てないか、同窓会の通知』

「同窓会の通知……あっ」

そういえば、茗が帰ってきた時、速達が来てると言っていたっけ。

抄は「ちょっと待ってくれ」と受話器を置くと、フロントへ駆け寄って置きっ放しになっていた白い封筒を手にし、急いでまた電話室へ引き返した。

「榊、来てたよ。バタバタしていてまだ見てないけど、これ同窓会の通知なのか？」

『ああ、良かった。うん、実はそうなんだ。俺、幹事なんだけど、ちょっとボンヤリしていてすっかり通知を出すの忘れちゃって。もう会場も押さえてあるのにってパニくったよ。それで、メールと電話で出欠の確認を取らせてもらっているんだ。ＦＡＸだとホテルの仕事とごっちゃになるかと思って、小泉には速達も出しといた。どうだ、来られそうか？』

「……速達で来るってことは、日時が迫っているんだよな？」

『うん、まぁそうなんだけど』

気まずい間の後、言い難そうに榊が答えた。

『その……急だけど、今度の金曜なんだよ。七時から、ギャラリー・テゾーラ。ほら、駅の向かいにある赤レンガのビルで……』

「知ってるよ。同級生の滝川《たきがわ》の実家だろ。でも、悪いけど僕は行けないな。急に仕事も休めないし、このところウチのホテル忙しいから……」

『来ないのかぁ？』

あからさまにガッカリした声を出し、榊は盛大な溜め息をつく。大ポカをやってしまった以上、参加者が少ないのは責任問題なので無理もないが、そもそも通知を出し忘れるということ自体、かつての榊からは信じられないミスだ。

『なぁ、小泉。ホントに無理かな。ちょっとだけでも、顔出せないか？　俺、自分が幹事だから言うわけじゃないけど、小泉に会いたいんだよ。いろいろ話したいこともあるし、顔も見たいしさ。そういえば、噂によるとおまえ髪を伸ばしてるんだってな。高校の時から少し長めにしてたけど、もっと伸ばしたら凄く綺麗だろうなって密かに思っていたんだ』

「な、何を言ってるんだよ、今更。とにかく、同窓会は欠席するから」

『皆もガッカリするのになぁ。小泉に会いたがってる奴、死ぬほどいるんだぞ』

「……男子校だったから、その言葉はあんまり嬉しくない」

他の奴ならともかく榊の頼みだったので、抄としてもなるべく協力はしたいところだ。しかし、この忙しい時期にいきなり休みを取るわけにはいかなかった。情に流されないよう努めて冷静に対応したつもりだが、やはり心中はかなり複雑だ。

『急な話だったしな、しょうがないか……』

いつまでもしつこくしてこないのは、榊の数ある美点の一つだ。あるいは、抄がかなり頑固な性格なのを知っているからだろうか。何度も「残念だ」とくり返してから、当日でもいいから来られるようだったら顔を出してくれ、と言い残し、彼は静かに電話を切った。

(同窓会……か)

高校を卒業してから抄の日常は『小泉館』が全てだったので、その言葉にはなんだか違う世界のような違和感がある。実際、小泉家の祖父の代に建てたという建物はここだけ時間が止まっているといってもおかしくない空間で、人の出入りこそ激しいものの、常に抄は傍観者であり続けていた。だから、いきなり現役の集団に混じれと言われても戸惑ってしまう。

しかし、榊のことだけは気になった。

同窓会は無理でも、今度個人的に連絡を取り直してみようかと、抄にしては珍しく積極的なことを思う。彼の声は平静を装ってはいたが、話の合間に感じたもどかしげな空気は決して気のせいではないだろう。

壁の時計を見上げると、そろそろ一時になろうとしている。屋上は、まだ月見で盛り上がっているのだろうか。理不尽な理由で抄の参加を禁じた潤は、自分だけ仲良くなった三号室の女性客と楽しく過ごしているのかもしれない。あるいは、莉大を相手にゆっくり飲んでいることも考えられる。いずれにせよ、抄だけがのけ者なのに変わりはないのだ。

（本当に、ムチャクチャ勝手な人なんだから）

思い出せば腹が立つばかりだが、そこに独占欲も混ざっている気がして、ますます抄は面白くない。いっそ同窓会にでも出て、榊でも誰でもいいから『小泉館』とは無関係の人間を相手に話でもすれば、少しは気分も紛れるだろうか。

『本気なんだって、聞こえる――』

改めて考えてみると、潤にしてはずいぶん婉曲《えんきょく》な言い方をしてきたものだ。いつもの彼なら鬼の首でも取ったような様子で、もっとしつこく苛《いじ》めてきたに違いないのに。

（本気だったら、どうだっていうんだ……）

無責任に煽《あお》る言葉が、どれだけこちらを傷つけているかも知らないで。

あれこれ考えていたら、悔しくなってきた。抄は電話室の曇りガラスに映る、オレンジの照明に色をつけられた自身のシルエットをきつく睨みつける。

「本気……ですよ」

そこに潤がいるとでもいうように、きっぱりと唇を動かした。

◆◆◆ 4 ◆◆◆

ギャラリー・テゾーラは多目的ビルの四階にあるレストラン＆バーだが、早くも一階のエレベーター前から同窓会に出席する面々で賑《にぎ》わっていた。おまけに、その大半がスーツ姿だ。同級生のほとんどは都心に勤めているが、進学校だったため皆そこそこエリート街道を歩んでおり、着ているスーツも見るからに上等なブランド物だった。

（……帰ろうかな）

ここまで来たのだから覚悟を決めねばと思いつつ、抄はなかなか彼らに近づけない。いかにもビジネスマン然とした連中から比べれば、長髪にノンタイの自分はどんなに浮世離れして見えるだろうと思うと、どうしても勇気が出ないのだ。

『大丈夫。兄ちゃんは顔もスタイルもいいんだから、何を着てってもバッチリだって』

コーディネイトを担当した茗は太鼓判を押してくれたし、見送りに出てきたエマも指で大きく丸を作ってくれたが、はたして本当にそうだろうか。

「あれ、小泉？　小泉じゃないか？」

「わっ」

ポンと気軽に背中を叩かれ、驚いて抄は振り返る。見覚えのある懐かしい顔が、満面の笑みをたたえて嬉しそうにこちらを見つめていた。

「来てくれたのか。嬉しいなぁ、まさか会えるとは思っていなかったよ」

「榊、おまえ幹事なんだろう？　どうして、こんな所にいるんだ？」

「いや、思ったよりも人が集まってさ。グラスとかアルコールが足りなくなりそうだって滝川に相談されたから、近所の酒屋まで手配しに行っていたんだ。あ、でも食い物は充分に用意してあるから、そっちは心配すんなよ？　立食だから好きなだけ食えるし、料理は無国籍でけっこうイケるから」

「良かった、安心したよ」

「へ？」

別に、抄は料理のことを言ったわけではない。榊の格好を見て、胸を撫《な》で下ろしたのだ。彼は他の同級生たちとは違い、少しくだけた感じのブルーグレーのブレザーと生成りのコットンパンツという、実にシンプルな格好をしていた。研究室で化粧品の開発に携わっているせいか世俗にまみれた印象がなく、パッと見には学生にしか見えない。これなら一緒にいても、自分だけが浮いてしまうことはないだろうと心強かった。

「それじゃ、行こうか。小泉を連れていったら、俺も幹事の面目躍如だな」

ウキウキとした足取りで歩き出す榊には、先日の電話で感じた暗さは微塵《みじん》もない。だが、それがあくまで表面的なものであり、明るさに騙《だま》されてはいけないことを抄は知っていた。

もともと、同窓会に出るつもりなど抄にはさらさらなかった。ところが、翌日の朝食の席でうっかり話したのが運の尽きで、夜にはホテル関係者総動員で「行け」の大合唱となってしまったのだ。普段から「外出しろ」「たまには遊んだ方がいい」というのが皆の意見で、これに莉大の「俺が仕事するし、心配いらないじゃん」の一言がダメ押しとなった。

(僕がいなくても、『小泉館』の営業に差し障りがないってことか……)

本当は喜ぶべきかもしれないが、抄はその事実を知りたくなかったなと思ってしまう。けれど、そんな屈折した心情を悟られてしまうのも嫌で、とうとう同窓会への出席を承知したのだった。すると茗が張り切り出して、当日の服やスタイルをあれこれ見繕い出したのだ。彼の選んだ服はオリーブグリーンのシックなシャツスーツで、ゆったりしたシルエットの開襟シャツと細身のパンツの組み合わせだった。

『俺ね、一度抄兄ちゃんのスタイリングしてみたかったんだよ。せっかく素材がいいのに、いつもプレスした白いシャツにパンツで、いわゆるギャルソン風じゃん？　あれはあれでいいけどさ、違う格好とかもさせたいんだよ。莉大なんか、ちゃきちゃき働いてる時もすげぇいい服着てるだろ。あれに対抗するなら、美貌にあぐらかいてるだけじゃダメだって』

『は……はぁ……』

莉大に対抗するつもりなど毛頭ないし、どうして名前が出るのかもわからなかったが、茗は鼻息も荒く一人でまくしたてる。だが見立ては確かだったようで、傍から面白がって見物していた潤も、いざ出かけるという時にはちょっと驚いた表情で「似合ってるよ」と言葉少なに誉めてくれた。

「お？　ウソ、小泉じゃん。おまえ、来られないんじゃなかったの？」

「マジかよ、おい。仕事、忙しいんじゃなかったのか」

「小泉が来てるんだって？　なんだよ、おまえもっと早く来いよなぁ」

榊の後についてなるべく目立たないように会場へ入ったつもりだったが、目敏《めざと》く彼を見つけた最初の二、三人が騒いだため、たちまち周囲に人垣が出来る。当時から抜きん出た美貌の持ち主として有名だったが、一種近寄り難い雰囲気があったせいか、在校中にこうして騒がれることなど一度もなかったので抄は激しく面食らった。しかし、社会に出てそれなりの経験を積んだ同級生たちは、このチャンスを逃すまいと臆することなく集まってくる。中には「小泉に会えると思ったから来た」と口にする輩《やから》まで出てくる始末だ。

ようやく榊とゆっくり話せる状態になったのは、会が始まってから一時間もたった頃だった。男子校の同窓会なので今一つ彩りには欠けるが皆も楽しんでいるようで、あちこちから切れ目なく笑い声や歓声が沸き起こる。榊はそんな会場の様子を満足そうに眺め、自称ファンの連中からやっと解放された抄に、「ちょっと話さないか？」と言ってきた。

「あ〜、夜風が気持ちいいな」

エアガーデンとしても使える広々としたバルコニーに出るなり、榊はのびのびと深呼吸をする。右手に持ったグラスのビールはすっかり気が抜けており、幹事の彼が内心はかなり緊張していたことを物語っていた。

「こうしてみると、青駒の街もずいぶん発展したよなぁ」

榊は地上を見下ろし、しんみりとした声音でそう呟く。視線を追って抄も夜景に目を移したが、駅前という立地もあってか『小泉館』の周辺では考えられないほど煌《きら》びやかなネオンが映画のセットのように瞬いていた。

「榊、今は東京に住んでいるんだろう？　実家に出した俺のハガキ見ていたか？」

「ああ、読んだよ。ハガキっていうのが小泉らしいな、って思ってた」

「おまえ、東京の住所も教えてくれないし。薄情な奴だ」

「ごめんって。でも、俺もしかしたら実家に戻るかもしれないんだ。東京の研究所なら青駒からでも通えない距離じゃないし、どのみち仕事が追い込みに入るとあんまり家に帰れる状態じゃなくなるから、どこに住んでも同じだと思ってさ」

「そうか……。じゃあ、これから会う機会も増えるかもしれないな」

「小泉……」

抄は素直に思ったことを口にしただけだが、榊は心持ち顔を赤らめると「そんなに嬉しがらせるなよな」と独り言のように呟いた。

「しかし、今日は驚いたなぁ。小泉の人気は昔から知っていたけど、皆あんな派手に騒いだりしなかっただろ。やっぱ、年月は人を大人にするのかなぁ」

「物陰からジッと見ていられるのも嫌だったけど、僕は今日みたいなのもごめんだ。でも、今回だけは榊の顔を立ててやるよ。疲れているみたいだけど、仕事忙しいのか？」

「うん、まぁな。なんか、おかしなもんだよ。化粧なんて一生縁のない世界だと思っていたのに、今じゃ朝から晩までコスメにどっぷりさ。あ、俺が担当してるのはスキンケア部門なんだけど、新種の酵素がまた配合の難しいヤツで……と、こんな話してもつまんないよな。ごめん、ごめん」

「いや、僕はいいけど。そういえば、ウチで働いている女の子がけっこうそういうの好きだな。いつも、ファッション雑誌を見て新製品とか買ってきているよ」

「お、じゃあ今度は試供品を持ってくるよ。小泉こそ、仕事の方は良かったのか？　ホテル、忙しいって言っていたじゃないか」

本気で心配してくれているらしく、榊は優しいラインの眉を寄せて、ジッとこちらを見つめてくる。半日くらい自分がいなくてもさして支障がないのだと答えるのは簡単だったが、真剣な眼差しに晒《さら》されているうちに、なんだか言えない雰囲気になってしまった。

「……ちょっと無理を言って、休みもらってきた。あの、ほら、電話で話した時、おまえ元気ないみたいだったし、どうしたのか気になって……。今、ホテルにバイトの子が来てるから、少しなら時間も作れるんだ。だから、心配しなくても大丈夫だよ」

「俺、元気なかったか？　そっかぁ、気を遣わせて悪かったなぁ」

成り行きとはいえ、まるで榊のために休みを取ったような言い方をしてしまったので、たちまち彼はしょんぼりとなる。失敗した、と抄はすぐさま反省したが、今更訂正しても白々しいだけなので「だから、悩みがあるなら言ってくれよ」とつけ加えるしかなかった。

「同窓会の通知だって、責任感の強い榊がこんなミス犯すなんて変じゃないか。力になれるかどうかはわからないけど、話を聞くぐらいなら……」

「俺、失恋したんだよ」

「えっ」

「実は、こないだ振られたばっかりなんだ。実家に戻ろうかと思ったのもそのためで、ここのところ仕事も手につかなかった。情けないだろ？　でも、こんなに誰かを好きになったのは初めてだったんだ。だから……上手く言えないけど……」

「そう……だったのか……」

予想していなかった言葉になんて答えたらいいのかと、抄は懸命に言葉を探す。その間に榊は温《ぬる》くなったビールをいっきに呷《あお》り、夜空に向かって長い吐息をついた。

「ダメなんだ、どうしても諦めきれない。なんとかしなくちゃって、そればかり毎日考えてるのに、何をどうすればいいのかもわからない。ただ、あの子の顔ばかり浮かんで……」

「榊……」

辛い恋なら、今まさに抄もその渦中にある。

それだけに不用意なセリフを言えなくて、榊の隣で黙り込むばかりだ。

こんな時、恋愛のエキスパートの潤なら、どんな風に相手を慰めるのだろう。ふざけた口調や人を手玉に取った言動ばかり目立つ彼だが、誰かが本気で落ち込んでいる時は信じられないほどの優しさを見せることがある。眼差しの深さ一つを取っても普段とはまるきり違うのだから、まったく詐欺師と呼びたくなるくらいだ。

(……って、こんな時に、なんで潤さんのことを考えているんだ、僕は……っ)

傍らで親友が嘆いているというのに、恋に目が眩《くら》むと人はどうしてここまでバカになってしまうのだろうか。不謹慎な己を胸で詫び、抄は気を取り直して口を開いた。

「その相手とは、もう全然望みはないのか？　それとも……」

「どこへ行ったかも、わからないんだ。そんな状態で、希望は持てないだろ？　ある日、一緒に暮らしていた部屋からいきなり消えて、それっきり一度も連絡すらない」

「いきなり消えた？　じゃ、振られた理由もわからないのか？」

「……わからない。でも、俺たち凄く愛し合っていた筈なんだ。なのに、あいつ……服だけ持って……お金だってないだろうに……」

どこかで聞いた話だな、と思ったが、今は榊を慰めるのが先決だ。だが、結局は何も方法が思いつかなくて、抄は仕方なく自分の持っていたワイングラスを彼へ差し出した。

「良かったら、これも飲むか？　ヤケ酒に付き合うくらいしか出来ないけど」

「ああ……サンキュ」

弱々しく手を伸ばして、榊は赤い液体の入ったグラスを受け取る。しかし、彼はあっという間にグラスを空にしてしまった。

「榊、無理するなよ」

「いいんだ、どうせ酔えないんだから」

「…………」

ここまで激しい姿を見たのは初めてで、再び抄はかける言葉を失くす。榊は恋愛に関しても淡白で、決してモテなかったわけではなかったのに、中学の頃からの恋人と自然消滅した後は「女の子なんて面倒臭い」とフリーを通していた。そんな彼がなりふり構わず「諦められない」と口走るなんて、きっと相手を深く愛しているからなんだろう。

（愛……か。羨ましいな……）

この間の茗といい今日の榊といい、周りの人間は困難な恋愛に四苦八苦しながらも一生懸命頑張っている。けれど、好きな相手に堂々とアプローチが出来るだけ、抄は彼らが羨ましかった。たとえ傷ついても、初めから何もしないよりは何倍もマシだ。でも、自分は潤と同じ屋根の下にいながら、この先も気持ちを隠していかなければならない。それは覚悟していたよりずっと難しい行為だということに、抄はすでに気づき始めていた。

「俺の話ばかりで、ごめんな。小泉はどうなんだよ？　浮いた話とかないのか？」

「僕は、ホテルのことにかかりきりだから。知り合う機会もないしね」

「バイトの子は？　さっきの話に出た女の子とか、新しいバイトも入ったんだろ？」

「ああ、残念だけどエマちゃんは彼氏がいるみたいなんだ。それに、もう一人のバイトは男の子だから。この子が、またよくやってくれるんだ。女の子みたいな名前で顔も可愛いんだけど、外見の割にちょっと口が悪くて……そこがまた憎めない感じなんだけど」

「女の子みたいな名前で、可愛くて、口が悪い……」

何か思うところがあったのか、しばらく榊は黙っていた。あんまり沈黙が長いので、もしやまずいことでも言ってしまったかと心配になり、抄はそっと横顔を盗み見る。

「榊……？」

かつてないほど真剣な顔をした、榊和臣がそこにいた。

いつもなら他人を和《なご》ませる草食動物のような瞳も、今は迂闊《うかつ》に声をかけられないくらい厳しく宙の一点を見つめている。隣に抄がいることも忘れてしまったように、彼は熱心に何事か考え込んでいた。

「あのな、小泉」

ゆうに五分はたってから、榊は重々しい口調で言った。

「さっき言っていたバイトの子、名前なんていうんだ？」

「バイト……ってどっち……」

「――男の子の方。そいつ、いつからおまえのところで働いてるんだ？」

「え？　えっと、そうだなぁ……二週間くらい前だと思うけど……。おい、まさか……」

抄の言葉に、ようやく榊がこちらを向いた。

厳しかった瞳が、ひたむきな熱に潤んでいる。

「その子、莉大っていうんじゃないか？　高橋莉大」

「…………」

「小柄で、髪が赤茶っぽくて、目がでかくて」

「榊……」

「莉大が黙って出ていったのも、ちょうど二週間前なんだ」

すぐには、抄も答えられなかった。

話の途中で（もしや……）とちらりと思ったのは事実だが、まさかそんな偶然が実際にあるとは考えられなかったからだ。しかも、莉大は男の子だ。とすると当然、榊が一緒に暮らしていて突然出ていった恋人は男だったということになる。

『彼女じゃない。莉大の恋人は、男なんだ』

抄は、ふと潤のセリフを思い出した。莉大は男の子だがコケティッシュな魅力を持った子で、その話を聞かされた時も抄は大きな違和感は抱かなかった。恋人が男だと言われれば、そうかと納得出来る雰囲気が彼にはあるのだ。だけど、榊は違う。昔馴染《なじ》みだから言うわけではないが、榊が同性と付き合っているというのはあまりに意外で、そのため抄の頭ではすぐには二人が結びつかなかった。

「小泉、そうなんだろう？　莉大、おまえのホテルにいるんだろう？」

「あ、いや、それは……」

「どうして隠すんだよ。俺の恋人が男だったから、おまえショック受けてるのか？　でも、どうしようもないんだよ。莉大が好きなんだ。頼む、本人に会わせてくれ！」

「ま、待てよ。落ち着けって」

熱っぽく詰め寄られ、どう返事したらいいものか困惑する頭で考える。心情的に榊の頼みは聞いてやりたいが、潤の話によれば莉大は別れる気でいるらしいし、却《かえ》って傷口を広げる結果にもなりかねない。また、勝手に居場所を教えたことで抄自身も莉大から恨まれるだろう。二人がどうして別れることになったのかわからないだけに、何が正しい選択なのか簡単に決めることは出来なかった。

「最初に言っておくけど」

まずは榊を落ち着かせようと思い、抄は目の前の問題から取り上げてみた。

「僕は、榊の恋人が男でも別に構わない。確かにびっくりしたけど、でもそれだけだから」

「あ……ありがとう……」

「うん。ちょっと、普通の恋愛に比べたら困難だとは思う。でも、一緒に暮らしていたんだし、想いは通じ合っていたんだよな。それなら、第三者がどうこう言うことじゃない」

「小泉……」

抄の言葉に感動したのか、榊は少し冷静さを取り戻したようだ。彼は真面目で優しい男だから、勝ち気な莉大にさぞかし振り回されていただろう。その様子は容易に想像出来るだけに、なんだか榊が気の毒になってきた。

「それから、本題の莉大くんのことだけど」

「……ああ」

「ウチでバイトしているのは、榊の言ってるのと同じ子だと思う。名前も同じ、高橋莉大だ。ちなみに、榊が住んでいる東京の住所って大田区久が原か？」

「そうだけど？」

「じゃあ、間違いない。宿泊名簿の住所もそこになっていた。職業欄と電話は空白だったけどね。あの子、面白いな。デタラメ書いたっていいのに、律儀に本当の住所書くなんて」

「莉大は、大学生だよ。今は、夏休み中なんだ」

「大学生？」

またもや意外な事実を知って、抄はちょっと言葉を失う。確かに外見は子どもっぽいが、考えてみれば彼は裕と同じ年だった。しかし、大学で何を勉強しているのかはやっぱり想像もつかない。それくらい、ホテルで働いている莉大は生き生きして見えたのだ。

「俺、ずっと莉大に家事全般を任せっきりだったから」

よっぽど納得いかない顔をしていたのか、榊が照れ臭そうに言い訳をしてきた。

「それに、あの子は天涯孤独だしね。子どもの時から親戚をたらい回しにされて、いろいろ家事を押しつけられていたらしい。今時の子にしては珍しく、苦労しているんだよ」

「おまえ、まさか同情で……」

「小泉、同情で男を抱けるか？」

逆に真摯《しんし》な目で問い返され、抄は今度こそ返す言葉もない。

榊は、本気なのだ。

心の底から、本気で莉大を愛している。

「……ごめん、榊。僕は……」

「あ〜っ！　おまえら、こんなところにいたのかよぉ。こぉら榊っ、幹事が小泉を独占するんじゃないっ！　ほら会場に戻ってこいって」

突然現れた酩酊状態の元級友が、大声で会話に割り込んでくる。榊はハッとして腕時計を覗き、しまったというように眉をひそめた。どうやらお開きの時間が迫っているらしく、彼は酔った友人に肩を貸すと、急いで会場へ戻ろうとする。抄はその背中に向かって「莉大くんに会いにこいよ！」と叫んでいた。

「榊！　明日、仕事休みなんだろう？　莉大くんに会いに、ホテルまで来ればいい」

「でも……いいのか？……」

「だって、このままじゃスッキリしないじゃないか。ちゃんと莉大くんの顔を見て話し合って、出て行った理由に納得がいったら合意の上で別れればいいんだ」

「ありがとな、小泉。だけど……」

「え？」

「俺は、莉大と別れたくないんだ」

そう言って、榊はゆっくりと振り返る。

固い決意を秘めた、今までで一番男前な顔だった。

「だから……もしかしたら、ホテルに迷惑をかけるかもしれない。それでも、いいのか？」

「い……いいよ。気が済むまで、莉大くんと話せよ」

「──ありがとう」

榊は控えめに微笑み、酔い潰《つぶ》れた友人を促すと再び歩き出した。


翌日。チェックアウトのお客を二組送り出してから、抄は昨夜の榊とのやり取りをもう一度頭の中で冷静にくり返してみた。

あれから二次会へ行かなければならなかった榊は、帰宅する抄とは話す間もなかったが、別れ際に握手を求めてきて「じゃあ、明日」と言った。ということは、彼は今日『小泉館』へやってくるつもりなのだ。勢いでつい「莉大くんに会いにこい」と口走ってしまったものの、内心では大変なことになってしまったと少しだけ後悔する。

なんといっても、莉大を連れてきた潤に何も相談をせず、自分の一存だけで決めてしまった責任は重かった。家出をバックアップするくらいだから当然潤は莉大の味方をするだろうし、そうなると榊だけでなく抄まで彼らと対立の立場になってしまう。他の宿泊客の目も考えたら、会わせるのはもう少し時間を置いてからの方が良かっただろうかと、余計なことまで気になってきた。

だけど、と抄はしみじみ思う。

好きな相手に突然いなくなられて、それでも相手を諦めきれない榊の気持ちは、抄には痛いほどよくわかるのだ。だから、話を聞いている内になんだか他人事《ひとごと》とは思えなくなってきて、あんな風にムキになって榊へ発破をかけてしまった。

(あ〜もう、このままウジウジ考えていたって仕方がないな。莉大くんが逃げている以上、いつかは起きることなんだから。榊だって、仕事も手につかないんじゃ困るだろうし……)

ただ、やはり潤にだけは事前に打ち明けておけば良かったと抄は思う。昨夜は同窓会の話題に少し触れただけでさっさと潤は寝てしまったため、話す機会を逸してしまったのだ。かといってレストランはランチの準備に忙しくて相談出来る状況ではないし、榊は何時に来るかもわからない。こうなったら覚悟を決めて、一人で事態に対処するしかなかった。

「おい、抄。さっきから、何を一人で百面相してるんだよ」

「り、莉大くんっ。いつから、そこに……っ」

「客室の掃除、終わったよ。それから、このシーツ新品みたいだけど下ろしていいのかな」

ボンヤリ物思いに耽《ふけ》っていたら、いつの間にか莉大がロビーまで来ていたようだ。彼はたたんだシーツの束を抱え、訝《いぶか》しげな目つきでこちらを見ていた。

「どうでもいいけどさ、フロントはホテルの顔なんだから、あんまりボーッとしてない方がいいんじゃないの。あんた、看板息子なんだろ」

「す、すみません。あ、掃除もご苦労さまでした。夕方には新しいお客様が見えますから、後で新しいお花に替えておいてください。あと……」

「一号室と六号室のお客さんは、午後まで寝るって。二号室のカップルは、もう出かけるんじゃないかな。このホテル、さすがに不便な場所にあるだけあるね。なんか、来るお客も変わってるよ。どこも行かないで一日中寝てたり、熱心に屋上で体操してたり。皆、何しにきてんの？」

「お休みにですよ」

これだけは確かな自慢なので、抄は自信たっぷりに微笑んだ。

「『小泉館』は、もともと長期旅行の途中で寄られる方が多いんです。まぁ、今月みたいなのは例外ですけど、常連の方は大概がそうですね。旅で疲れた身体をウチでゆっくり休めて、気力を充実させてまた旅に出るんです。青駒はのどかな街ですけど、これといった観光名所はありません。その代わり、のんびり静かに過ごせます。だから、ウチは口コミのお客様が一番多いんですよ。あとは……まぁ、いろいろ理由《わけ》ありな方もたまにいます」

「……それ、俺への当てつけかよ」

ムッとした顔で莉大は嚙みつくが、抄はかつてここへ滞在した浩明のことを思い浮かべて言ったのだ。思えば、あの頃の彼と今の莉大は似たような境遇かもしれない。何かから逃げ出してここへやってきて、ゆっくり自分自身と向き合いながら、本当に求めている道を見つけ出していった。そういう意味でなら、今日榊と対峙《たいじ》するのも、あるいは莉大にとって避けられないことなのだ。

そう考えると、少しだけ気が楽になってきた。どのみちこれは二人の問題で、いくら抄が悩もうと、なるようにしかならないのだから。

「なぁ、潤さんって、茗のことどう思ってんのかな」

持っていたシーツを机の上にドサッと乗せて、莉大は面白くなさそうに尋ねてきた。

「いきなり、どうしたんですか。弟ですよ、決まってるでしょう」

「でも、血は繋がってないんだろ？　なんか、すっげぇ甘やかしてない？　この間もさ、月見やろうって屋上に出たのはいいけど、遅れてきたうえにほとんど茗と一緒でさ、俺つまんなかったよ」

思い出すと悔しいのか、話しながら莉大は唇を尖《とが》らせる。抄に言わせれば、莉大の方がよほど潤に甘やかされていると思うのだが、どうやら彼は現状に満足していないらしい。

「潤さんは茗くんとあまり一緒に過ごした思い出がありませんから、それでじゃないですか。僕が相手だと、手のひら返したようにワガママ言ってきますからね」

「……それも、大問題だけどな」

今度は、はっきりと顔に『不愉快』と書いてある。じゃあどんな答えなら気に入るんだと、抄が更に尋ねようとした時だった。

古い木製のドアが、微かに軋《きし》んだ音をたてる。

ガラスのドアノブがゆっくりと回り、抄も莉大も息をひそめるようにして『小泉館』の扉が開くのを見守った。

「莉大……――」

「かず……おみ……」

一歩足を踏み入れた瞬間、榊がそれだけを口にする。自分が目にしたものが信じられないとでもいうように、莉大はただ呆然《ぼうぜん》とその場に立ち尽くしていた。

零れそうな瞳は瞬《まばた》きすら忘れ、ひたすら榊だけを見つめている。やがて莉大の華奢《きゃしゃ》な肩が小刻みに震え出し、乾いた唇は何かを形作ろうと何度も動きかけた。けれど、思うように動かないことに業《ごう》を煮やしたのか、とうとう話すのを諦める。莉大は麻痺《まひ》した身体を引きずるようにふらふらと前へ歩き出すと、榊と歩幅分ほど離れた所でふっと足を止めた。

「莉大……。やっと、見つけた。やっぱり、莉大だったんだ」

「…………」

「会いたかった。この二週間、ずっと捜していたんだ。莉大に会いたくて会いたくて……気が変になりそうだった。とにかく莉大に会いたいって、それだけを考えていたんだ……」

「和臣……」

ようやくの思いで声を絞り出し、また一歩、莉大は榊へと近づいていく。日だまりに浮かび上がる彼らの姿は、まるで懐かしい映画のラストシーンのように切なく抄の胸に迫った。

だが。

――パンッ！

夢を断ち切る鋭い音を響かせて、莉大が差し出された手を強く叩《たた》き払う。意外な展開に抄が思わず椅子から立ち上がると、彼は素早くこちらを振り向き、きつい口調でまくしたててきた。

「抄、あんただなっ？　あんたが、和臣をここへ呼んだんだろうっ。どうして……どうやって、和臣のこと調べたんだよ。それとも、俺の方を調べたのか？　そうか、宿帳で住所なんてすぐわかるもんな。なんで……一体どういう権利があって、こんな勝手な真似をするんだよっ。和臣が今日ここへ来るなんて、俺全然知らなかったっ。聞いてない、なんにもっ！」

「……莉大くん……」

「ひどいじゃないかっ！　人がせっかく……せっかく、別れようとしてるのに！　俺、和臣なんかに会いたくなかった。二度と、会うつもりなんかなかったのにっ」

「どうしてだよ、莉大！」

拒絶を受けた右手で拳《こぶし》を握りしめ、榊が悲痛な声で叫ぶ。

「俺、全然わかんないよっ！　ある日、帰ったらおまえがいなくて、食器も新しい靴もCDも残っているのに、莉大だけがどこにもいなくて！　毎日毎日、おまえの残していったものに囲まれて、俺が平気だとでも思ったのかっ？　消えるなら消えるで、手紙くらい残していけよ！　あんな……あんな風にいなくなっておいて、いきなり別れるなんて言われても俺には何がなんだかわからないだろ！」

「わかんないのは、和臣がバカだからだ！」

負けじと思いっきり怒鳴り返し、莉大は榊へ歩み寄る。抄へ向けていた怒りは、彼の中で榊への強い反発に変わっていた。濡《ぬ》れた黒目で真っ直ぐに榊を見据え、莉大は低くはっきりした声で、もう一度同じセリフをくり返す。

「俺、和臣とは別れる。言いたいのは、それだけだ」

「莉大……どうして……」

「和臣は、俺といない方がいいんだよ。それに……」

「おまえらなぁ、公共の場で何を大騒ぎしているんだ？」

その時、緊張感の欠片《かけら》もない、とぼけた声が会話を遮った。厨房で仕事をしていた潤が、二人の騒ぐ声を耳にして何事かとロビーへ出てきたらしい。

「痴情のもつれってやつか？」

彼は莉大と榊をさっと一瞥《いちべつ》すると、これみよがしに大きな溜め息をついてみせた。

「……抄くん。痴話ゲンカくらい、ちゃんと仲裁しなさいって。ほら、お客さんたちがびっくりしてるじゃないか。それとも、これ芝居の稽古かなんかなのか？」

「え……」

潤の言葉に慌てて周囲を見回すと、階段の途中で出かけようとしていた若いカップルや寝ていた筈の一号室の青年などが揃って立ち止まり、こちらの様子を窺《うかが》っている。しかも、抄がうっかり彼らと目を合わせてしまったため、空気に気まずいものが流れ始めた。

「ダメだなぁ。ケンカは、時と場所を選ばなくちゃ」

「潤さん、ふざけんなよっ」

頭に血が上っている莉大は好奇の目など物ともせず、すかさず潤へ食ってかかる。しかし、潤の方はまったく動じず、蒼白になっている抄へ目線で客へのフォローを促した。

（そうだった……。とにかく、この場をなんとかしないと……）

潤の登場で心強くなった抄は、強張っていた顔に気合いを入れると、まず営業用の笑顔を取り戻す。それから、好奇心いっぱいの客たちになんとかその場から去ってもらうべく、彼らに向かって適当な言い訳を必死で並べ始めた。「会いたい」だの「別れる」だの、誤魔化しようのないセリフも乱発されたが、そこはひたすら『身内のケンカ』で押し通す。途中で莉大が余計な口を挟むのではないかとヒヤヒヤしたが、彼も内心それどころではないようで、皆をまるめ込むまではおとなしく黙っていてくれた。

まさか完璧に納得したわけでもないだろうが、努力の甲斐あってカップルはそのまま外出し、青年は体操をするために屋上へ姿を消していく。やれやれと抄が安心した時には、首筋や肩が岩のようにバリバリに凝っていた。

「お疲れさん。それにしても、俺、あんなにしゃべるおまえを見たの初めてだよ」

「し……仕方ありません。元はといえば、僕が悪いんですから……」

前に潤から施されたマッサージを懐かしく思い出しつつ、抄は同窓会での榊との会話を簡単にかいつまんで説明する。その反応は、しかし潤より莉大の方が百倍速かった。

「そうか……同級生だったのか。和臣が青駒出身なのは知ってたけど、まさか抄と知り合いだなんて夢にも思わなかった。それじゃ、俺はわざわざ見つけてもらうために、ここまで来たみたいじゃないか」

「え？　莉大は見つけてほしかったんだろ？」

「潤さんっ。なんなんだよ、さっきからっ」

「だって、宿泊名簿にわざわざ彼氏の住所を書いたり、恋人の実家のある街へ来てみたり、これはどう見ても行方の手がかりを落としていく小林少年のパターンだよな？」

「誰だよ、小林って」

「げっ、マジで訊《き》き返しやがる」

冗談の通じなかったことにいたく傷つき、潤はそれきり黙ってしまう。だが、彼らの遠慮のない会話を聞いていた榊は、意を決した顔で潤へ質問してきた。

「失礼ですけど、俺、莉大からあなたの話は一度も聞いたことがないんです。莉大とは、前からのお知り合いなんですか？　だとしたら、一体いつどこで彼と知り合ったんです？　それに、どうして莉大はここにいるんですか？」

「そんなの、決まってるだろ」

険しい榊の視線から逃れるように、莉大はわざわざ潤の後ろへ回り込む。彼の甘えた仕種《しぐさ》に慣れっこの抄はいちいち驚かなかったが、榊にはそれなりにショックだったらしく、たちまち表情が嫉妬に引きつった。榊が気の毒になった抄は、なんとか事態が好転しないものかと自分から莉大へ話しかける。

「莉大くん、榊は真面目に君が好きなんですよ。だから、逃げていないでちゃんと話し合ってくれませんか？　一方的に別れたいなんて言っても、理由を言わないことには……」

「理由なんて、簡単だよ」

「簡単……？」

「俺、潤さんが好きだから」

ごく当たり前のことのように、莉大はさらりとそう言った。同時に、潤にぴったりと寄り添うと、後ろから両手を伸ばして身体の前で指を組む。ちょうど背中から潤を抱きしめるような形を取り、彼は小さな頭だけをちらりと榊と抄へ覗かせてきた。

「潤さんが好きだから、和臣とは別れたいんだ。そのためにこのホテルへ来たんだし、これからも和臣のマンションへ戻るつもりはない。そうだ、抄もそのつもりでいてくれよな」

「そ……のつもりって……」

「嘘だ……そんなの嘘だろう、莉大……っ！」

「ごめんな、和臣。もっと早く打ち明ければ良かったんだけど、ここんとこ和臣は仕事が忙しそうだっただろう？　なかなか、話す機会がなかったんだよ」

あっけらかんとした表情で、莉大は屈託なくしゃべり続ける。不意に、榊がぐらりとバランスを崩し、側にいた抄が素早く彼の身体を支えた。本当は抄こそ頭の中が真っ白になるくらい狼狽えていたのだが、榊が先に崩れたために、取り乱すことが出来なかった。

莉大が、潤を好きだという。

そのために、恋人の榊と別れて『小泉館』に来たのだと……。

初めて潤が彼を連れて来た日から、関係の曖昧なまま親密な雰囲気を作り上げていた二人に、抄はずっと嫉妬を覚えていた。ただ、まだ決定的ではなかったことと、いずれにしても自分の恋は実らないと思っていたので、かろうじて平常心を保っていられたのだ。

だが、危うい均衡にあった彼らの関係も、とうとう壊れる時が来てしまった。世界を一瞬で引っ繰り返す、「好き」というたった一言で――。

「ちょっと……ちょっと待ってくれ……」

頭が混乱しているのか、手のひらで顔半分を覆いながら榊はなんとか立ち直ろうとした。

「莉大は……莉大の気持ちは聞いたけど、そっちの彼はどうなんだ？」

「あ、俺ですか？」

「あなたは、莉大が好きなんですか？　ちゃんと、真剣に付き合ってくれるんですか？」

「いや、俺も今初めて告白されたんで……。でもなぁ、莉大は男の子だしなぁ」

いくら潤が常識的な答えを返しても、白々しい口調は隠しようがない。確かに、彼がこれまでに付き合ってきたのは抄の知る限り女性ばかりだったが、莉大にベタベタされても一向に構わない風だったし、現に目の前で彼らはぴったりと仲良くくっついているのだ。今更、莉大が男でも女でも、潤にはあまり関係ない筈だ。

「そうだ。抄、おまえはどう思う？」

ふと、潤の視線がこちらへ向けられた。抄はドキッとして、重たい唇を無理やり動かす。

「……僕ですか？」

「そう。おまえは、俺と莉大のこと、どう思ってた？」

いきなり話を振られても、答える余裕などあるわけがない。だが、まるでこちらの気持ちを試しているかのような質問に、意地でも普通に答えなくてはと思った。もし、ここでおかしな素振りを見せてしまったら、勘のいい潤に胸の内を見破られてしまうかもしれない。そんなことになるくらいなら、いっそ死んだ方がマシだ。

「僕は……」

早く何かを言わなければ、と思う。

冗談でも説教でも、いつもの調子ならなんでもいい。このまま黙っていたら、二人から変に思われるだけだ。そうして、密かに潤を思っていたことまできっと皆に悟られてしまう。

だが、焦れば焦るほど言葉は遠のき、表情からは余裕が奪われていく。抉《えぐ》るような胸の痛みに耐えきれなくなった抄は、そっと背後の机に凭《もた》れかかった。瞳に潤と莉大が映るたび、痛みは全身に響き渡る。それは容赦ない激しさで指先まで痛めつけ、つられて目の奥がジンと熱くなった。

「小泉？　おい、大丈夫か？　顔色が悪いぞ？」

抄の様子がおかしいのに気づき、榊が不安そうに顔を覗き込んできた。

その彼の向こうでは、いつの間にか潤から離れた莉大が、ジッと物問いたげな眼差しでこちらを見つめている。まずいな、と頭の片隅でちらりと考えたが、絶え間ない痛みと目眩《めまい》には敵《かな》わず、とうとう抄は観念した。

「すみません……ちょっと失礼します」

「あ、小泉……！」

言うなり踵《きびす》を返して、階段を駆け上がる。とにかく、一刻も早く一人になりたかった。

二度も潤を失わなければならない運命に、向き合う強さを早く手に入れたかった。


「なんだか、自分が信じられない……」

まだ少し歪《ゆが》む天井を見つめて、抄は疲れきったようにポツリと呟く。

こんなことは初めてだが、彼は部屋に駆け込んだ後、夕方まで外へ出ることが出来なかったのだ。もちろんサボッていたわけではなくロビーで感じた目眩が治まらなかったため、ベッドに横にならざるを得なかった。

今までの疲労や気疲れがいっきに出たんじゃないか、と珍しく神妙な顔で潤は言い、強引に病院へ連れていこうとしたが、それだけはイヤだと抄は強硬に突っ撥《ぱ》ねた。その代わり症状が治まるまでおとなしくしていると約束して、日が落ちた今もまだベッドに入っている。午後のお客は莉大がきちんと世話してくれているし、特に心配することもないのだが寝込むということ自体に慣れてないせいか、寝ていてもどうにも落ち着かなくて困った。

「まさか、これが失恋のショックで寝込むってヤツか……？」

半ば呆然とする思いで、抄は深々と溜め息を漏らす。一人になって冷静さを取り戻すと、何もあんなにムキになって潤の会話に乗らなくても良かったのに、と気恥ずしさが襲ってきた。だが、あの時は莉大の告白に気が動転していたし、それを周囲に悟られてはいけないとそれしか考えられなかったのだ。

結局、莉大の告白に対する潤の返事は聞かずじまいだったが、答えなどわかっている。莉大の自身たっぷりに甘える仕種や、榊と別れてでも潤の側《そば》にいたいという情熱は抄から見ても可愛いと思うし、ある程度の確信がなければ莉大だってああ大胆にはならないだろう。

だが、こうなると気にかかるのは榊のことだ。潤の話によれば、抄が部屋に戻った後で彼もすぐ出ていったらしいが、場合が場合だっただけに何も会話が出来なかったらしい。余計な気を回したばかりに榊を傷つけてしまったのではないかと、抄はまた溜め息をついた。

「これから、どうしようかな」

淋しさを含んだ声音が、無意識に唇から零れ出る。潤と交わした二度のキスは、柔らかな感触も冷たさもまだ感覚に残っているのに、現実感だけが徐々に薄れつつあった。

口づけも、結局は潤の気まぐれにすぎないのだろう。けれど、思わせぶりな指先や眼差しまでこれからは全部莉大のものになってしまうのかと思うと、それはちょっと辛かった。

「……小泉、起きてるか？　入っていいかな？」

だいぶ目眩も治まってきたので起きようかどうしようか迷っていたら、ドアをノックする音に続いて意外にも榊の声が聞こえてきた。

「榊？　おまえ、帰ったんじゃなかったのか」

「一度帰って、また戻ってきたんだ。いいか、入るぞ？」

そっとドアが開かれ、榊が片手にトレイを持って入ってくる。どうしたのかと尋ねたら、階下で潤から持たされたのだという。トレイの上にはワイングラスが二つ乗っており、その中に砕いたクルミとシロップのかかったヨーグルトのようなものが盛られていた。

「おまえ、昼も食ってないんだってな。とりあえず、夕食までこれ食べとけって言ってたよ」

「なんだろう。これ、お菓子みたいだけど」

「うん。えーと、なんだっけ……そうそう、チーズムースだってさ。一番得意な料理だって」

「チーズムース……」

「小泉の兄さんって、飄々《ひょうひょう》としているのに間近で接すると妙な迫力があるな。俺、話していて緊張したよ。まぁ、莉大のことがあるからかもしれないけど」

榊は控えめに笑みを浮かべると、ベッドの上へトレイを静かに置く。恋を失った直後に約束のメニューを出してくるなんて、これがわざとだったら潤はなんて憎らしい男だろう。これでは、彼を忘れることすら叶《かな》わない。舌に残った甘い余韻が、いつまでも口づけを連想させるからだ。

複雑な心境にかられた抄はなかなかムースに口がつけられなかったが、気の好い榊は「美味い、美味い」を連発して、あっという間にたいらげてしまった。

「どうした、小泉。あ、まだ具合が悪いのか？　さっき、顔が真っ青だったもんな」

「大丈夫だよ。目眩が残っていたけど、もう治ったから。それより、榊……ごめんな」

「何が？」

「……莉大くんの……」

最後まで言葉にする勇気がなくて、後は小さく口ごもる。榊がどれだけ莉大を真剣に想っているか知っているだけに、どんな顔で話せばいいのか抄にもわからなかった。

ところが、榊は思いの外あっさりした口調で「なんだ、そんなこと」と呟くと、強がりでない証拠に笑顔をオマケにつけてきた。

「いいんだって。そんなの、小泉が気に病むことじゃないだろ。これは、そもそも俺と莉大の問題なんだから。それに……俺、なんとなくわかるんだ」

「わかるって、何が？」

「うん。自惚《うぬぼ》れてるって笑われるかもしれないけど、俺が最初にホテルに入った時、その場に莉大がいただろ？　あいつ、俺を見ても逃げようとしなかった。ほんの一瞬だったけど、目が嬉しそうに笑ったんだ。だから……きっと、まだ望みはあると思う。小泉の兄さんに惚れたっていうのは、ショックだったけどな。でも、俺と莉大にだって、それなりに積み重ねてきた時間があるんだし。話し合いたいんだ、何度でも」

「榊……」

「……なんてな」

榊は照れ臭そうに肩をすくめると、ふっと淋しげな顔になった。

「まぁ、俺も帰る道々、そんなことをつらつら考えていたわけだよ。正直言って、莉大の口からあんなセリフが飛び出すとは想像もしていなかったから、今でも立ち直れないくらい落ち込んでるんだ。でも、居場所がわかっただけでも安心したし、やっぱり俺は莉大が好きだから……。そういう気持ちは、再認識出来たかな。半分、負け惜しみっぽいけどな」

「そうか……偉いな」

「小泉だって、偉いじゃないか」

思いがけないセリフを吐いて、ベッドの端に腰かけた榊がずいっと迫ってくる。すっかり気を抜いていた抄は、すぐ間近で見る友人の顔をついまじまじと見入ってしまった。

「あのさ」

決して目を逸《そ》らさないところが、榊の気性をよく表している。彼は生真面目な調子で、抄に真《ま》っ直《す》ぐ問いかけてきた。

「間違ってたら、ごめん。小泉は、お兄さんに……その、恋してるんじゃないのか？」

「え……――」

「さっき、ロビーで一悶着あっただろ？　で、気づいたんだ。莉大がお兄さんに告白して背中からしがみついた時、おまえどこを見ていたと思う？　それ、自分でわかってるか？」

榊の言葉を否定するのも忘れ、抄は反射的に首を振る。やっぱりな……と吐息を漏らし、再び彼はゆっくりと口を開いた。

「――莉大の指だよ。お兄さんの身体に回した莉大の指を、小泉はとても気にしていた。寄り添って組まれた指を、辛そうな目でジッと見つめていたんだ。あの時は、俺も他人の心配しているどころじゃなかったけど、何かの弾みで偶然おまえが視界に入ったんだな。あれ、と内心思ったよ。でも、とにかく自分のことで精一杯だったから……。で、後からもう一度思い出して確信した」

「確信？」

「そう。小泉の目が、恋してたってことを」

「どうして……」

「言葉に出せない恋をしていると、目が雄弁になると思わないか？　小泉の視線が、そのいい例だった。眼差しが熱すっていうのは、ああいうことを言うんじゃないかな。だから、偉いなって言ったんだ。だって、さっきも俺と違って小泉は全然騒がなかったじゃないか。ここへ来てから、恐らく莉大はしょっちゅうあの調子でお兄さんに甘えていたんだろう？　それを、ずっと我慢していたんだもんな」

そこまで話し終えると、保護者のように榊は抄の頭を軽くよしよしと撫でる。ベッドで半身を起こしている姿が、よほど可哀相《かわいそう》に見えたのだろうか。長い付き合いの中でも、彼がこんな行動を取ったのは初めてのことだった。

「お互い辛い立場なだけに、小泉にも知っていてもらいたかったんだ。俺が、おまえの恋に気づいているってことを。やっぱり、一人くらいはそういう奴が必要じゃないか？」

「あの……それじゃ……」

「ん？」

「榊、もしかして、それでわざわざ戻ってきたのか？　僕のために？」

おずおずと問いかけた言葉に軽く頷《うなず》いて、「でも、莉大には思いっきり無視された」と榊は苦笑いをした。莉大は今、抄のピンチヒッターとしてフロントに立っているのだという。

「それにしても、不思議だなぁ。俺、小泉の兄さんってなんだか憎めないんだ。さっきも厨房からいきなり声かけられてトレイ持たされてさ、気がつくとペースに乗せられてたんだよ。あの人は、ずいぶん得な人だな」

「だから、腹が立つんだ。憎めないけど、めちゃめちゃ腹が立つ」

「おいおい……」

「だって、そうだろう？　さっきだって、莉大くんにしがみつかれてもしれっとした顔していたじゃないか。嬉しいなら嬉しい、迷惑なら迷惑って、はっきりすればいいのに」

「ま、小泉がそう言いたくなる気持ちもわかるけどな」

榊は少し身体を引いて距離を作ってから、改めて抄の顔を見つめてきた。

「……うん。顔色、だいぶ良くなった。実は、それも心配だったんだ。真っ青な顔して階段駆け上がっていっちゃうし、小泉のあんなところを見たの初めてだったからさ」

「いろいろ、悪かったな。でも、榊はつくづく優しいよ。莉大くんは、なんで潤さんなんかがいいのかなぁ。六、七年ぶりに会った友達に、ここまで親切にしてくれる奴なんてそういないのに」

「俺だって、誰にでもってわけじゃないさ。なぁ、小泉。俺が、卒業してから小泉のくれたハガキに返事を出さなかったの、どうしてだかわかるか？」

「なんだよ、唐突だな。別に大した内容でもなかったし、面倒だったからだろ」

「……違うよ」

声音を僅かに低めて、榊はやんわりと否定する。莉大について語る時とはまったく違う、ひたすら優しいだけの眼差しがそこにあった。

「俺、高校の三年間、ずっと小泉が好きだったんだ」

「榊……」

「もちろん、はっきり恋愛だって意識していたわけじゃない。小泉、当時から綺麗で目立っていたから一種の憧れみたいなものも入っていたと思う。だけど、まぎれもなく恋してるって感じた瞬間が、俺にも幾つかはあったんだ。だから……曖昧な気持ちを抱えたまま卒業したんで、振り切るのに必要以上の時間がかかっちゃったんだ」

「…………」

「そういうこと。ごめんな、変な話して」

照れ臭そうに打ち明ける榊は、高校の時となんら変わっていない。偏見や先入観に惑わされることなく、自分の感覚を信じて大事に友達と付き合っていく彼を、抄もまた恋とは別の意味で好ましく思っていたのだ。

「榊、俺も……」

「へぇ。ずいぶん、口説きが上手くなったじゃないか」

刺《とげ》だらけのセリフと共に、突然莉大が会話に割り込んできた。いつの間に、と抄たちは狼狽し、その慌てぶりがますます良からぬ誤解を生んでいく。莉大はノックもなしにドアを開け、二人の会話を耳にしていたらしい。

「和臣、けっこう切り替えが早いじゃん。昼間は死にそうな顔で帰ったのに、もうターゲット変えて戻ってきてるんだもんなぁ。俺、罪の意識感じなくて助かるよ、マジで」

「り、莉大。盗み聞きしてたのか？」

「盗み聞きとはなんだよっ！　抄の夕飯持ってきたら、そっちが勝手に告白タイムとかしていたんだろっ。これでも気を利かして、最後まで待ってやったんだ。感謝しろよ！」

榊の返事によほどムッとしたのか、莉大は力任せに平手で扉を叩く。弾みでドアが廊下側へ開き、驚いたことにそこには食事のトレイを手にした潤が、まいったなぁと言いたげな顔で立っていた。

「潤さん、いつから……」

思いもよらない潤の登場に、今度は抄が狼狽える。もし榊との会話を全部聞かれていたとしたら、もうどんな言い訳も通じなかった。だが、抄に話をさせるヒマすら与えず、莉大がケンケンと怒れる子犬の如き剣幕でしゃべり出した。

「俺、本当に和臣と別れて良かったよっ！　まさか、こんなに速攻決められる男とは思ってなかったもんな。第一、あの女はどうすんだよ。結婚すんじゃやなかったのかっ？」

「あの女……？　莉大、なんの話してるんだ。結婚って、誰と誰が？」

「とぼけんなぁっ！」

榊の胸倉を掴みかねない勢いで、莉大が盛大に怒鳴り散らす。潤が後ろから「莉大、声がデカい」と注意をするとハッと口を閉じ、潤んだ瞳で恨めしげに榊を睨みつけた。

「……知らん顔してやろうと思ってたけど、そっちがシラを切り通すつもりならもういい。俺、知ってるんだ。和臣、一ヵ月くらい前にお見合いしただろう？　会社の上司の姪とかいう女子大生と、恵比寿のポルトガル料理屋で！」

「そらまた、ずいぶん通な店にしたもんだ」

「うるさいな、潤さんは黙っててくれよ！　そんで、そんで、俺がなんにも知らないと思って、会社の送別会だったとか嘘つきやがって。でも、しょうがないって思ったんだよ。すっごくムカついたけど、あの頃会社の人に俺との二人暮らしがバレて言い訳に苦労していただろう？　弟とか親戚とか、なんて言おうかって悩んでる和臣を見るの、もうイヤなんだよ」

「莉大」

「そうなんだ……もうイヤなんだよ……。和臣がしなくていい苦労してたり、つかなくていい嘘ついてたりするの、辛いんだ。だって、おまえ俺と知り合ってから実家とは疎遠になるし、まじでロクなこと何もないじゃんか。なのに学費とかまで出してくれて、もうそういうのは……」

話している間に新たな悲しみの波に襲われたのか、莉大はポロポロと涙を零し始める。けれど、彼は自分が泣いていることも気づかないようで、瞳をしっかり榊へ向けたまま尚も話を続けようとした。

「だから……もう別れた方が……いいんじゃないかって……。そしたら、潤さんが……」

「でも、莉大は彼が好きになったって……。まさか、あれ嘘だったのか……？」

「和臣だって、抄が好きだって言ってたじゃないかっ。俺を迎えにきたその日に、よくあんな話が出来るよな？　ホント、見損なったよ。構わないから、抄とでも女子大生とでも、勝手に結婚すればいいじゃないか！　今度こそ、本当に永久にさよならだ！」

言うなりくるりと踵を返し、莉大は泣きながら走り去ってしまった。

「莉大！　待てよ莉大、誤解だって！」

顔面蒼白になった榊が、その後を急いで追いかける。二人分の足音が賑やかに廊下を走り抜け、やがて階段を駆け下り、遠くなっていった。

「…………」

しばらくの間、残された潤と抄はどちらも口を開かず、白けた空気だけが室内にたちこめる。ところが、榊に持たせたチーズムースの内の一つがほとんど手つかずで残っているのを見咎《みとが》めるなり潤が「ああっ」と悲痛な声を上げて部屋に入ってきた。

「どっちだよ、これ残したのは。俺が仕込みで忙しい中、丹精込めて作ったのに！」

「え……あ、いえ、それはですね……」

「畜生、榊の野郎だろう。あいつ、俺に莉大を奪《と》られたと思っているからな」

上手い具合に潤が勘違いしてくれたので、抄は渡りに舟とばかりに「ええ、まぁ……」とお茶を濁してしまう。榊には申し訳ないが、せっかくの差し入れを口にしなかったと知られたら、またどんな方法で潤から苛められるかわからなかった。

相手が不在では、さすがに潤も文句をつけられない。彼はすぐに気を取り直し、今度は夕飯のメニューについてシェフらしくもっともな解説を始めた。

「……てわけで、開店までまだ余裕があるから、先におまえのメシを作っといた。昼間から何も食ってないから腹が減っただろう？　デザートとメインの順序が逆だけど、許せよな」

「あ、ありがとうございます。あの、でも潤さん……」

「どうした？」

「その……僕と榊の話……どこから聞いていたんです？」

思いきって尋ねると、潤はトレイを近くのテーブルの上に置き、にんまりと笑った。

「安心しろ。そう長いこと立ち聞き出来るほど、莉大も俺もヒマじゃないよ」

「それじゃ……」

「ああ。〝わざわざ戻ってきたのか、僕のために〟ってところからかな」

「そうですか……良かった……」

抄は心の底からホッとしたが、それなら莉大も誤解する筈だと罵倒された榊に同情する。だが、別れると宣言しておきながらきわどい会話を聞き逃せなかったところを見ると、どうやら莉大も本心から別れたいと思っているわけではなさそうだ。それがわかっただけでも、榊にとっては大きな幸運といえるだろう。後は、上手く誤解が解ければ問題なしだ。

抄がすぐには食べないと言ったので心配になったのか、潤が先ほどの榊よろしくベッドの端へ腰を下ろす。彼の動きに合わせてマットレスがゆっくり沈み込み、潤と同じベッドで寝ているような、奇妙でこそばゆい感覚に因われた。

「そっか、目眩はもうないんだな？　じゃ、やっぱり原因はストレスか……」

「心配かけて、すみません。でも、もう起きられますよ。大体、ストレスかかるほどハードな仕事もしてないのに、変ですよね。莉大くんの方がよほど……」

「だって、ショックだったんだろ？」

いきなり核心を突かれて、抄は無言で目を見開く。目の前では、発言の重さがわかっているのかいないのか、潤が相変わらずのとぼけた表情でニコニコと明るく笑っていた。

「おまえ、莉大が俺を好きだって聞いて、それでショックを受けたんだろ」

「そっ、それは、それはですねっ」

「うん」

「それは……あの、だって潤さんは莉大くんを友達だって言っていたから、いつの間にそういうことになったのかって、そう思ってですね……っ。ほら、やっぱり男の子ですし……」

「ああ、成る程。それで、あんな激しい目眩を起こしたわけだ」

大真面目な声で納得すると、潤は腕を組んでわざとらしく「うんうん」と頷いている。だが、まるきり信用していないのはバレバレで、聞いている抄は非常に気まずかった。

大体、初めから多少の無理はあったのだ。

榊ですら気づいたものを、人並み以上に勘のいい潤にバレないわけがない。しかし、ここで自らが認めてしまっては何もかも台なしなので、抄も必死でとぼけるしかなかった。

「……でも、莉大くんの告白、本当に驚きましたよ。潤さんになついているとは思いましたけど、榊の前であんなにはっきり言うなんて、度胸ありますよね」

「それだけ、真剣に悩んでいたんだよ」

少しだけ真面目な目になって、潤はそう答えた。

「莉大は、こっちが尊敬するほど一途に、おまえの友達に惚れてるんだ。見合いしたかどうかは俺も本当のところは知らないけど、彼はなかなか将来有望なんだろ？　そろそろ引き際かなぁって言ってたしな。恋人の方も莉大にベタ惚れらしいから、家出とか浮気とかの強硬手段に出ない限り別れられないって思ったんだろう」

「それで……お金はほとんど持たないで、出てきたんですね」

「そうそう、健気《けなげ》だねぇ。自分の金で買った服しか、持ってきてないとさ」

「ああ、それで……。あ、でもそれにしてはいい服ばかりじゃないですか？」

「せいぜい、布地代くらいだろ？　ブランド風に見えるし仕立ても確かだけど、あれはほとんど莉大の手作りだから。あいつと付き合ったお陰で、彼氏もだいぶ垢抜《あかぬ》けたらしいぜ」

「そうだったんですか……」

同窓会で会った時の、榊のシンプルだが小綺麗な格好を思い出し、その言葉に抄は深く納得する。それにしても、莉大という人間はつくづく労働体質に出来ているらしい。

まだ他にも訊きたいことはあったが、とにかく今は榊と莉大の仲が元通りになることを祈るばかりだ。抄は長い吐息をつき、嘘のように晴れやかな気分で傍らの潤を見つめた。

「潤さん、モテ損ないましたね」

「あ、おまえ可愛くないね。そういう口をきくなら、こっちにも考えがあるぞ。大体、今まで俺にどんな女がついていても知らん顔だったくせに、なんで莉大だとあんなにショックを受けるんだよ」

「そ、それは……」

「おまえはね、最初から語るに落ちているんだ。どうせ相手が女性なら仕方がないって、投げやりな理解を示していたんだろ。それが、同じ男が相手なもんで、心中穏やかじゃなかったんだよな」

「……潤さん、お言葉ですけど」

「なんだよ」

「それじゃ、僕が……本気だって言っているみたいじゃないですか」

思わず抗議すると、潤の目の色が微かに変化した。光の加減が水面を彩るように、複雑な艶を帯びたこげ茶の瞳が、沈黙する間を優雅に泳ぐ。自由な魚を思わせる視線は、やがて彼の決意を表すかのようにゆるりとまた抄の所まで帰ってきた。

「残念だけど」

色っぽい目で微笑まれ、抄は引き込まれるように彼を見つめる。

「今更、違うって言っても通用しないよ」

きっぱりと言い切られ、反論しかけた唇を素早く冷たい唇で塞《ふさ》がれた。同時に、人の身体にこんなにも優しい場所があったのかと感動するほど、柔らかくしっとりとした感触が抄を包み込む。角度を変えて重ねられるたび、背中までぞくぞくと快感が駆け抜けていき、軽く引き寄せられて身体が寄り添い合うと、その感覚はますます強くなった。

やがて、潤の舌が滑《なめ》らかな動きで唇を舐《な》め上げ、隙間からするりと侵入してくる。抄は少しだけ緊張を覚えて身体を硬くしたが、じっくりと時間をかけて唇や吐息を奪われているうちにすっかり力が抜けていってしまった。

「本気のキスだろ……?」

唇をまだ微かに重ねたまま、潤が誘うように問いかける。うっとりと目を閉じていた抄は何も言葉にする気にならず、ただ頷くことしか出来なかった。

互いの溜め息が唇を湿らせ、次の口づけへと火をつける。くり返される行為に煽られ、抄は段々頭がボンヤリとしてきた。きつく抱きしめられ、二重に絡まる鼓動の速さが新たな欲望を誘い出し、いつの間にか潤と二人でベッドの上に重なり合っていることに気づく。横たわる身体に、愛する相手の重みが心地よかった。

「……抄。本気だって、ちゃんと言えよ」

「え……？」

「一度でいい。本気だって囁く、抄の声が聞きたい」

「潤さん……」

それが彼の心からの望みであることを知り、不意に抄は泣きたくなった。

抄の方こそ、何度その言葉を胸で囁いたか知れないのだ。本心を明かさない気まぐれなキスに翻弄《ほんろう》され、意味ありげな眼差しにからかわれ、それでもやっぱり潤を好きな気持ちだけは変えられなかった。

「本気です……」

熱く湿る声を精一杯、潤の唇に送り込む。

触れ合う場所ならどこにでも、抄は同じ囁きをくり返した。

「本気で、潤さんを愛してます……」

「うん」

短い返事だったが、胸の痛むような愛しさが、ゆっくりと抄の全身を満たしていった。

服のボタンに手をかけたのは、果たしてどちらが先だっただろう。

潤が自分のシャツと抄の着ていたパジャマの上を一緒に床へ投げ捨て、改めて肌を重ねてくる。滑らかな手触りと弾力に富んだ肌に包まれた、綺麗な身体だと抄は思った。互いに上半身裸のままで抱き合うと、そこに不思議な安らぎが生まれることに気づいて、これが幸福の正体かもしれないと真面目に考えたりもした。

「変な奴だな。何、笑っているんだよ」

ぱらぱら落ちる長めの前髪の間から、澄んだ目を覗かせて潤が話しかける。いつもと同じ声なのに、穏やかで満ち足りた響きがそこにあった。

「…………んっ」

首筋に潤の唇が埋め込まれると、ゾクッと一瞬肌が震える。さらさら流れる黒髪を指で梳《す》かれ、そこから現れた白い場所に次々と潤のキスが送られていった。ちろりと覗ける赤い舌は、冷たい唇とは対照的な情熱を持ち、舐められると火傷《やけど》したような痛みが肌に走る。唇で甘噛みされるより官能的でくらりとする理由は、潤に食べられているからではないかと抄は思った。

「……んん……う……っ……ん……」

俯《うつぶ》せにされ、浮き出た肩甲骨から背中のラインを何度も潤の舌と唇で愛撫されると、知らず知らずのうちに声が漏れてしまう。それが自分の発したものだという自覚もないまま、潤から強く肌を吸われるたび小さく仰《の》け反《ぞ》っては短く呼吸を止めた。苦しさと快感のないまぜになった刺激は、抑えきれなくなった声にますます艶を与え、抄から理性を根こそぎ奪っていく。腰の辺りまで下がった潤の唇は、くすぐったさギリギリのところで微妙に愛撫の強さを変えるため、抄は生まれて初めて経験するもどかしい感覚に、思わずきつくシーツを握りしめた。

「潤……さ……んっ」

自分だけが翻弄されている心細さに、抄は無意識に潤の名前を呼ぶ。唐突に部屋の明かりをつけたままであることが気になり始め、恥ずかしさに身体が熱くなった。

「じゅ……んさ……あっ」

パジャマのズボンに手をかけられ、抵抗する間もなく、それをいっきに引き下ろされる。下着だけとなった自分の姿は、一体潤の目にどんな風に映っているのだろう。瞬時にいろいろな考えが頭を駆け巡ったが、それもまたすぐに快感の波に飲まれてしまった。布の上から下半身へ指が伸びてきて、今度こそ本当に抄は声を出す。それは快感というよりも、限りなく戸惑いに近いものだった。

「じゅ、潤さん……そっ……あの……」

「ん……？」

「あの……だから……」

何をどう言いたいのか、きっと潤にはわかっている筈だ。だが、潤はだるそうな吐息を抄の肌へ落とし、言葉少なに「力、抜いて」と言っただけだった。

「で……でも……」

「じゃ、こっちにおいで」

尚もためらっていると、顔を上げた潤が上まで戻ってきて、抄を背中からギュッと抱きしめる。背中越しに聞こえる速めの鼓動が、彼も同じように緊張していることを教えてくれ、抄の心を落ち着かせてくれた。うなじから肩への愛撫を受けながら、抄はうっとりと瞳を閉じ、胸の上で交差されている潤の長い指に、そっと自分の指を絡めて力を込める。それから、その手を自分から動かすと、ゆっくり先刻の位置まで潤を導いた。

「……大丈夫か？」

「は……い……」

耳元で真面目に問われると、なんだか恥ずかしくて居たたまれない気持ちになる。だが、それも潤が指を滑らせるまでのことだ。すぐに生まれた新しい熱が、抄の頭を真っ白にしてしまった。

「は……ぁ……あぁ……」

抄自身へ施される愛撫は、腿《もも》の内側からつま先までに何度も甘い刺激を走らせる。肌へ寄せられた口づけとはまるで違う震えが身体を襲い、抄はただ首を振り、潤の腕の中で快感に晒され続けた。

潤の指は、まるで抄と感覚を共有しているような正確さで敏感な場所を探り当て、時間をかけて抄自身を昂らせ愛しんでいく。されるがままに身をよじり、溢《あふ》れる声を嚙み殺していると、更に強い刺激が身体を貫き、好きなように感覚を揺さぶられた。

「潤……さん……待って……待ってくださ……っ」

立て続けに波が襲い、苦しさに抄の声は哀願の色を帯びてくる。潤は決して無理には責めてこなかったが、それでも時々は意地が悪いほど巧妙に愛撫の種類を変えて、抄を翻弄しにかかった。欲望をさんざん煽られて、あと少しという高みまで来ると、するりと指から力を抜いてしまう。そんなことが何度も続くと、さすがに身体の芯が激しく火照《ほて》ってきた。

「…………ぁあっ……あ……」

「抄……抄……」

初めて耳にする切なげな潤の声は、幾度も自分の名前を呼んでいる。

目の眩みそうな幸福が抄の身体を満たし、溢れて、シーツの海へと流れ込んでいった。

潤はいったん腕の力を緩めると、ゆっくりと身体を起こして今度は真上から抄を見下ろしてくる。改めて正面から見つめ合い、二人は同時に微笑んだ。

「なんだか……嘘みたいだな」

「え……？」

「抄と、今こうして愛し合っていることがさ。だけど、莉大が告白してきた時、気丈なおまえが何も言えずに逃げ出したから、よほどのことだと思ったんだ。おまえに、目眩を起こすほど心配かけた罪は大きいよな。俺、もしもこの先はもう少し待てというなら、待つよ」

「潤さん……」

「待てるよ。だから、抄の好きなようにすればいい」

夢のようなセリフを吐いて潤は愛しそうに笑うが、そんな言い方をされたら「待ってほしい」とは言えなくなってしまう。

やっぱり、潤は心底ズルイ男だった。それだけは、疑いようもない真実だ。

(だけど、そういうところも……好きなんだよな……)

覚悟を決めて自分から唇を寄せると、潤はためらいもせずに口づけを受け入れる。思った通り、ちゃんと抄がそうすることは予測済みなのだ。負けたな、と胸で吐息をついて、潤の背中へしっかりと両手を回した。

手のひらで潤の骨の隆起を確かめながら、長い口づけをくり返す。たった二度で終わる筈だったキスは、もう数えきれないほどになっていた。それは唇にだけでなく、耳たぶやうなじや鎖骨を経て、今は胸まで下りている。最初に舌先で素早くつつかれた時は思わず声を出してしまったが、後は込み上げる甘い刺激が導くままに素直に潤の愛撫へ身を任せた。

いつの間にか下着も脱がされ、下肢に直接潤の腿が当たる。筋ばった感触にドキリとし、本当に抱き合っているんだという実感が胸の奥から湧き起こった。

『本気だって、聞こえる――』

互いを強く求め合い、擦《こす》れ合う皮膚が感じすぎて痛い。時折、耳を掠《かす》める潤の溜め息が、それだけで抄の心を切ないくらい締め上げた。

『本気のキスだろ……？』

そんなの、言われるまでもない。昔から、たった一度だって、潤に対して本気でなかった時などなかったのだから。一人で抱えて閉じ込めて、それでも零れそうになる愛情は、自分のやるべき仕事と弟たちのために費やすことで忘れようとした。

「う……ん……は……ぁ……」

限界まで張り詰めて解放を望む抄自身を、さすがに潤も無視は出来ない。湿った呼吸が早く早くと頂点をせがむ中、抄がふっと息を吐いた瞬間に力強く身体を押し進めてきた。

「あ……っ！　あ、あ、ぁあ……っ！」

「……抄。力、抜いて」

「そんな……っ……潤さ……無茶……っ」

「無茶しなかったら、おまえは抱けないよ」

妙に冷静なコメントを返し、更に奥へと貫かれる。奇妙な異物感と刺すような痛みが一緒になって抄を侵食し、潤と繋がった部分からどんどん身体が変化していくのがわかった。自分が独立した生き物ではなく、初めから潤と同じ一つの肉体だったような錯覚に陥り、耳に降ってくる呼吸も吐息も擦れる音もどちらの出したものなのかもう分けようがない。

そうして、いつしか潤の律動に合わせて、抄もまた無意識に身体を揺らしていた。

「抄……いいよ、抄……」

「はぁっ……ああ……あああっ」

「そう……そのまま……抄……」

「あ……っ！　あああ……っ！」

自分が出したとは思えない掠れた叫び声が、一際高く天井まで届く。潤の動きが激しくなり、抄が達したすぐ直後に、彼の身体もまたぐったりと重みを増した。

「ああ……」

どちらからともなく深々と溜め息を漏らし、体温の上がった身体を改めてしっかりと絡め合う。まだ感覚がじんじんと余韻を追いかけている抄は、なんとなく落ち着かない気分で、そっと潤の顔を腕の中から見上げてみた——と。

「わっ」

ペロリと目の端を舐められて、反射的に身体が跳ねる。潤は小さな笑い声を上げ、「泣いてるんだもんな、まいるよなぁ」と、感心したように言ってきた。

「大丈夫か？　なんか、ちょっと心配になってきたな」

「え、僕、泣いていますか？　うわ、どうしたんだろ」

「まぁ、単なる生理的反応だと思うけど。それとも、やっぱり無茶させたかな」

「……今更、遅いんですよ」

「まいったなぁ」

白々しく反省した振りなど見せているが、潤にはまったく悪びれたところがない。抄を腕に抱いたままベッドに深く身を沈めた彼は、シーツに広がった髪を眠そうな目で眺めながらコツンと無邪気に額を当ててきた。

「なんだ、どっちの熱だかわからないな……」

ポツリと呟かれた独り言は、語尾がすでに微睡《まどろ》んでいる。

満ち足りた空気は確実に二人の眠気を誘い、肉体的な疲労も手伝って、抄も目を開けているのが難しくなってきた。身体全体を包む気怠《けだる》さは、恐らく潤も感じているのだろう。回された腕が重くなったかと思うと、やがて軽い寝息が耳に届いてくる。いつもは別々のベッドで眠り、寝息が頬をくすぐるなんてことはあり得なかったのに、世界があっという間に変化したのが不思議で仕方がなかった。それも、たった一回のセックスでだ。

（なんだか……まだ、信じられない……）

抄も強烈な睡魔に襲われていたのだが、寝てしまうのが勿体《もったい》なくて、幼い子どものように目を擦った。誰にも邪魔されず、良心の呵責《かしゃく》を感じることもなく、飽くまで潤の寝顔を見て

いられるのはずいぶん贅沢なことに思えたし、そんな日が実際に来ることもまったく想像していなかったのだ。だから、これはもしかしたら夢なのかもしれない。少なくとも、明日へ続く保証のない現実は全て夢で片付けてしまった方が傷も少なくて済む。

(……本気で、潤さんを愛してます……か)

封印していた言葉を、誘われるままとうとう口にしてしまった。

けれど、抱き合って身体と体温を重ね、好きだと告白をしても、潤との間に何かが生まれたという確信はまだ持てない。潤からは一言も愛の言葉を贈られていなかったし、眠る唇からは無理やり引き出すことも出来ないからだ。一度閉じられてしまった瞳が、再び愛情に彩られて自分を見つめてくれるのかどうか、それが抄には不安だった。

あれこれ考えてばかりいると、なんだかロクなことを思いつかないな。

そう思った抄は、いい加減苦労性な自分の性格にウンザリしてきて、少し眠ろうと目を閉じた。微かな寝息に聞き耳を立て、潤の身体にぴったりと肌を擦り寄せると、ようやく安堵《あんど》の吐息が漏れる。

(潤さん……——)

まだ何か忘れているような気もしたが、睡魔に負けた抄はそのまま眠りに落ちた。

抄は、泳ぐ夢を見ていた。

スローモーションのように手足を伸ばし、ゆっくりと水をかき分けて前へ進む。水面は遥《はる》か頭上にあり、ちょうど朝なのか柱のような光の束が何本も海底まで届いていた。ゆらゆらと形を変える、水の波動。共鳴する波音。貝殻による散光。

不安定で美しい世界に感嘆を覚えつつ、ただひたすら泳ぎ続ける。

次第に疲れて手足がだるくなり、辛さを感じるようになってきたが、それでも抄は手足を動かして前へ前へと懸命に進もうとした。

不意に、光の柱の一本が目の前まで迫ってくる。

陽光に包まれて一段と淡い海の色は、そこだけが特別な場所であることを抄へ教えていた。そこは静かで、暖かくて、悲しいほど明るい。近づくにつれて、あまりの眩しさに不安すら感じたが、抄はそのまま中へ飛び込んだ――。


「……あれ」

「お、目が覚めたか？　いいタイミングだな、七時だよ。ディナータイムの始まりだ」

「潤さん……」

一瞬、ここがどこで自分がどうして裸でいるのか、抄にはよくわからなくなる。潤の方はすでに身仕度を整えていて、髪が少しボサボサな他は顔つきもしゃんとなっていた。

「あ、僕は……」

しかし、抄もボーッとしていたのは最初の数秒だけだ。次の瞬間には全ての記憶が生々しく脳裏と身体の両方に蘇《よみがえ》り、顔がカッと熱くなる。うたた寝したのが災いして却って疲労度は増しており、隅々にまで気だるさが倍増している始末だった。おまけに、身体のあちこちがなんだかとっても痛かったりする。

「あの、潤さん。僕、そんなに寝ていたんでしょうか……？」

「一、二時間くらいじゃないか？　俺がこの部屋に来たのが、四時を回ってたから」

「じゃ、そんなに時間はたってないんですよね？」

なんとなくホッとして、抄は潤の差し出した腕時計に目を落とす。抱き合ったまま裸で寝入ってしまうなんて、あまりに無防備すぎて冷汗ものだ。それに莉大が飛び出してしまい、追いかけていった榊もまだ帰ってこないようだから、ホテルは無人状態だったことになる。

「いやぁ、それにしても、二人してうっかり寝ちゃったな」

「ええ……」

「寝てる間に、茗とか帰ってこなくてラッキーだったよなぁ？」

抄が一番言われたくなかったセリフをあっけらかんと口にして、潤は眉をひそめた不機嫌な顔をニヤニヤと見下ろしてきた。

（まったく、この人は……）

寝入る前にはあれこれ考えていたような気もするが、こうして服を着ていつもと同じようなやり取りをしていると、なんだか本当に潤と寝たのか、段々自信が持てなくなってくる。変にぎこちなくなったり態度が変わったりするのも困るが、何一つ変化のない潤を見ていると、あっさり「じゃ、あれはなかったことに」なんて言われてしまいそうだ。そこまで勝手をする男じゃないと思いたいが、一抹の不安は打ち消せなかった。

「──抄」

「あ、はい」

「大丈夫か？」

「え……」

ふっと落ちてきた影にびっくりして思わず目線を上げると、ベッドの傍らに立っていた潤がひょいと腰を屈《かが》めて覗き込んでくるのに出くわした。

「しんどかったら、休んでおけよ。もうすぐ茗も帰ってくるし、莉大だってまさかあのまま蒸発したりはしないだろうさ。夜は、それほど仕事もないんだろう？」

「そんな……病気じゃないんですから」

「まぁ、運動して血行は良くなったみたいだけどな」

「う……」

絶句している抄を愉快そうに眺め、潤は右の手のひらでそっと頬を包み込んでくる。二人の視線が柔らかく絡まり、潤は親指で軽く頬を撫で上げると機嫌のいい笑い声をたてた。

エマが呼びに来るとうるさいから、と言い残し、潤は早足で部屋を出ようとする。ところが、ドアノブに手をかけた瞬間くるりと振り返ると、何やら含みのある声音で言った。

「その夕飯、冷めても美味いように調理してあるから、ちゃんと食っておくように」

「あ、そうだった。ありがとうございます」

「それから、後で榊くんに謝れよ？」

どうしてここで榊の名前が……と思っていたら、潤はすかさずチーズムースを指差した。

「さっきも、言っただろう？　おまえは、語るに落ちているんだよ」

「え？　あの、でも……どうして？」

「キスがね」

人差し指を自分の唇に当て、潤は封印の仕種を真似る。

「チーズの味がしなかった」

潤の用意してくれた食事はイカの詰め物とハマグリのマリネ、そして白パンにレバーペーストを挟み込んだサンドイッチという、淡白だが食欲をそそる取り合わせだった。

しかし、抄は一度は手にしたフォークを力なくまた皿へ戻してしまう。お腹が空いてないわけではなかったが、食べるよりも前に考えなくてはいけないことを思い出したのだ。

今日は土曜日だから、バスケ部の練習はいつもより早い時間に終わる。宝沙《ほうしゃ》は名高い進学校なので、いくらバスケ部が強いとはいえ度を越した練習量は認められていないのだ。だから、恐らくは潤が言った通り、間もなく茗が帰宅してくるだろう。

(どうしようか……)

正直言って、抄は茗に会うのが怖かった。

茗だけでなく、もしも裕が旅行に出ていなかったら、きっと彼の顔を見るのも怖かったに違いない。潤と寝てしまった事実を弟たちの前で告白する勇気はないし、だからといって知らん顔を通すのも不器用な自分には至難の業だ。いずれはバレることだろうが、彼らが事実を知った時に受けるショックを考えると、さっきまでの幸せな気持ちは跡形もなく消え去ってしまい、ただ狼狽えている自分がいるばかりだった。

(僕は……――)

抄は、潤と寝たことを恥じたくはない。どんな結果が待っていても、絶対に後悔だけはしないとちゃんと決めている。けれど、弟たちのことだけは別だった。潤への恋を自覚した時も、初めから諦めようとしたのは彼が同性だとか、莉大の存在があったからではなく、そのことで兄弟の関係が微妙に崩れていってしまうのを避けたかったからだ。

（もしも、茗くんがこのことを知ったら……）

裕の場合は相手が身内ではないから同性と知ってもさほど抵抗を示さなかった茗だが、やはり兄弟ともなれば話は違ってくるだろう。同じ屋根の下で暮らしていて、これまでは普通の家族だった二人がある日を境に恋人同士になるなんて、周りの人間にしてみれば困惑でしかない筈だ。まして、茗はまだ高校一年だ。いくら大人びた頭のいい子でも、子どものいる環境としては決して褒められるべきものではない。

いっそ、潤から「あれは、なかったことに」と言われていれば、抄も諦めがついたかもしれない。胸はひどく痛むだろうが、痛みなど自分が耐えればいいだけのことだ。でも、傷ついた弟たちの心は、いくら抄が努力しようが元に戻らないかもしれない。どちらにしても、『小泉館』で潤と愛し合って暮らしていくなんて、夢物語でしかない気がした。

抱き合った時の、潤の囁きや高い体温。

あるいは、泣きたいくらい切ない指。

そういったものを知らなくても、生きていくことは出来るだろう。でも、一度でも知ってしまった今では、失うことを考えただけで身体が小刻みに震えてくる。

（どうしよう……。もうすぐ、茗くんは帰ってきてしまう……）

どちらも選べない状態で、時間だけがどんどん過ぎていく。ほんの数時間前までは、こんなことになるなんて夢にも思っていなかった。莉大と潤が付き合うなら、そういう日々に自分を慣れさせていかなくては、と考えたりしていたくらいなのに。

いよいよ覚悟を決めなくてはならなくなった抄は、今頃になってようやく髪がほどけていることに気づき、急いでまとめ直そうとした。だが、今まで髪に隠れていた鎖骨や胸の辺りに幾つもの小さな赤い痕がついているのが目に入り、思わず手が止まってしまった。

やっぱりダメだ、とガックリ抄は力をなくす。

誤魔化し通すことも、潤を諦めることも、どちらにしても今すぐ決断は出来そうにない。今すぐどころか、永久に出来ないかもしれない。けれど、『小泉館』にいる以上、考える時間はそう多くないだろう。現に、茗の帰宅時間はもう間近に迫っている。そうして、あと半月もすれば裕が日本へ帰ってきてしまう。

追い詰められた抄は手早く服を着替えて髪をきっちりまとめ、急いで部屋から出ていこうとした。床に落ちたままのパジャマがちらりと視界に入り、胸がズキンと痛んだが、今はセンチな気持ちになっている場合ではない。

だが、運命の神様は抄の敵前逃亡を許してはくれなかった。

「なんだ、抄兄ちゃんじゃん。どっか出かけるのか?」

廊下に出た抄は、帰宅直後の茗とバッタリ顔を合わせる。急いでいたせいで何も考えずに昨夜同窓会で着ていた外出用のシャツスーツを選んだのが仇となり、適当にしらばっくれるわけにもいかなくなってしまった。

「あっ、茗くん。お、お帰りなさい、早かったですね」

「……なんか、兄ちゃん……綺麗だな。風呂でも入ってた？」

「え？　そんな、こんな時間から何を言ってるんですかっ。茗くんこそ、お風呂は……」

「俺、帰ってきたばっかりだもん」

「ああ、ですよね。じゃ、そういうことで僕は」

一刻も早く茗の前から姿を消したくて、抄は乱暴に会話を打ち切ろうとする。しかし、あからさまに怪しい態度を取れば茗でなくても変に思うのが普通だろう。しかも、抄は普段から滅多に外出をせず、まして日が落ちてから出かけるなんて、昨日の同窓会が初めてだったくらいだ。

「なぁ、抄兄ちゃん。ちょっと待てよ。今さ、ロビー通ってきたら誰もいなかったんだけど、莉大はどうしたんだ？　なんで誰もいないのに、兄ちゃんは出かけようとしてんの？」

「いえ、それはですね……あの、莉大くんなら近所へ買い物に……」

「兄ちゃん、誰かと会う約束でもあるの？　それ、莉大が戻るまで待てない？」

「それは、じ……時間が……」

立て続けに質問攻めにされ、ただでさえ焦っていた抄はもうボロボロな気分になる。極めつけに茗から「どうして、俺の方を見ないの？」と言われ、動揺の余り思考回路が吹っ飛びそうになってしまった。

「なんか変だよ。どうして、さっきから俺の顔見ないようにしてんだよ。ずっと、そわそわしてるしさ。おかしいよ、なんかあったんだろ？　そうだろ？」

「べ、別に何も……。あの、ほら、せっかく茗くんが用意してくれた服ですから、昨日だけじゃもったいないなって、そう思って着てみたんです。よく似合うって、皆に誉めてもらったし……でも、なんか照れ臭いというか」

「それなら、ちゃんと俺の方を向いて着たところを見せてよ。俺、昨日は部活休んで見送ってやったんだぜ。抄兄ちゃん、写真も撮らせてくれないからさぁ」

「……苦手なんですよ、写真は……」

ああ、ダメだ……と抄は暗い気持ちで床を見つめる。

ずっと目を逸らしながらたどたどしく会話してきたが、いい加減に限界がきそうだ。無邪気な眼差しに晒されているうちに、抄は言い訳していることが耐え難くなってきた。

どのみち、何かが起きたことを茗はすでに察しているのだ。シラを切り通す図太さもないのに、家族へ秘密を持ってしまった自分へのこれが報いなのかもしれない。

抄は意を決して、自分よりも背の高い弟の顔をキッと見上げた。

「め……茗くん！　あの、あのですね……」

「突然、大声出さないでくれよ。びっくりしたなぁ。何？」

「あの……つまり、ですね……」

「うん」

「つまり……僕は……僕は、さっき……」

「さっき？」

「——さっき、ここを出ていくことに決めたんです」

「へ？」

思いも寄らない言葉が口から飛び出し、茗のみならず抄まで目を白黒させる。だが、もはや躊躇《ちゅうちょ》はしていられなかった。そうだ、この際だから出て行こう。潤と同居さえしなければまだ何かとごまかしがきく。そう俄《にわ》かに決心を固め、改めて口を開いた。

「いえ、僕も一度は独立してみようかなと。あ、ホテルを辞めるわけじゃないですよ。荷物はまだまとめていませんが、とりあえずあまり長居はしていられないのでもう行きます。後で、きちんと説明に来ますから、今日はこのまま行かせてください。それじゃ！」

「それじゃ……って、おい、ちょっと待てよ、兄ちゃん！」

思いつくままいっきにまくしたて、視線から逃れるように駆け足で階段へと向かう。すぐ後ろから茗が追いかけてくるのがわかったが、抄は振り返る勇気すら持てなかった。とにかく、今は冷静になれる場所まで逃げ出すことが先決だった。

「抄兄ちゃん！　待てよ、抄兄ちゃん！」

「ごめん、茗くん！」

一度背後から摑まれた肩を、強引によじって振り払う。不意を突いて走り出したのが功を奏し、階段を下りる頃には茗をだいぶ引き離していた。現役のバスケ部員を相手に、これはなかなかの快挙だ。

四階から玄関ロビーまで、いっきに勢いをつけて駆け下りる。とんでもないことを口走ってしまったが、ここを出てから改めて考えればいいんだ、と割り切ることにした。ロビーに出ると、昼間体操をしに屋上へ出ていった青年がソファにいたが、莉大も榊もやっぱりまだ戻っていないらしい。耳に届くレストランの賑わいに一瞬潤の顔が脳裏に浮かんだが、追ってくる茗の足音が聞こえたので抄は急いで玄関から外へ走り出た。

夢で見た光の柱のように、今夜は月明かりが眩しいほどだ。

抄は少しも躊躇することなく、その光の中へ飛び込んだ。


「出ていったぁ？」

抄を見失い途方に暮れた茗は、まず厨房の潤に泣きついた。

「俺、わけがわかんないよ。一体、抄兄ちゃんてばどうしちゃったんだよ。独立だの出ていくだの言っても、荷物なんかなんにも持ってないんだぜ？　あの調子じゃ、金だって持って出たかどうか……」

「なんだ、なんだ。今回は家出人大特集だなぁ。ウチのホテルで家出してないのは、これでもう裕と茗だけだぞ、おい。これって、やっぱり血筋なのかねぇ、小泉家の」

「潤兄ちゃんも、変なところで感心してないでなんとかしろよ！」

頼りになるのかならないのか、この長男はどうして大切な場面でもおちゃらけるのだろう。

抄の様子は尋常ではなかったし、彼の足があんなに速いことも茗は先ほど初めて知ったばかりだった。

「ああ、それはそうだろう。あいつは、中学の時バスケやってたし。足がめちゃくちゃ速くてシュートが得意で、けっこういい線いっていたらしいけど？」

茗の話を受けて、潤が銜《くわ》え煙草に火をつけながら平然とそう答えた。

「そういや、お袋が手紙で自慢していたよ。でも、抄が高校に上がってすぐ親父が病気で入院したことがあってさ、それを機会にバスケやめたんだよな。まだおまえらチビだったたし、この通り長男は頼りにならなかったしで、責任感じたんじゃないの」

「そんな……他人事みたいに……」

「いや、俺はお袋からの手紙でしか、当時のことは知らないからさ」

淡々とそんな口をきく潤に、茗もさすがにムッとなる。これまで考えないようにしてきたが、はっきり言って潤さえ家出しなければ抄はどれだけ楽だったかわからないのだ。唯一の血を分けた子どもが当てにならなかった分、次男の抄が負った責任はかなりのものだったと思うし、実際このホテルに彼は青春を全部注ぎ込んでしまった。

そんな茗の思いは、はっきりと顔に出ていたのだろう。潤は苦笑を漏らすと、大きな手のひらでポン、と茗の頭を叩いた。

「前途洋々な青少年が、ずいぶん不健康な考え方をするもんだ。いいか、この際だから言っておく。抄に関して、そういう解釈をするのは今後一切禁止。いいな？」

「い、一切禁止ってどういう意味だよ。だって、ホントに……」

「それは、あいつに対して大変失礼だからだ。茗は賢いから、わかるだろ？　抄は、何かを捨てながら生きてきたんじゃない、選びながら生きてきたんだ。あいつは自分で考えて、選択して、その選択に誇りを持って生きてきた。『小泉館』は、その結晶だ」

「潤兄ちゃん……」

「それに、〝苦労したんだねぇ〟ってネタであいつを苛めていいのは、俺だけだから」

臆面もないセリフと共に、潤は美味そうに煙を吐き出した。

「でも、まぁこれで、あいつが茗の部活動を奨励する理由もよくわかっただろ？　バイトを雇ってまで、おまえに好きなことさせようって母心なんだなぁ、きっと」

「……わかるよ。俺も、時々思うもん。抄兄ちゃんって、お母さんみたいだなって。でも、きっと本人が聞いたらすごく傷つくだろうね。髪の毛だってさ、何度も切るって言ってたのを、俺と裕兄ちゃんで断固として切らせなかったんだもん。俺、大好きなんだ、兄ちゃんの長い髪。あんまり綺麗な髪してるし、いつもいい匂いがしてさらさらだから、ロングヘアーの女には多分一生目が行かないだろうな。現に美百合だって、ショートだし」

「大丈夫。心配しなくても、あいつは髪を切らないよ」

「え？」

「もともと、俺が伸ばせって言ったんだ」

「…………」

またしても意外な事実を知って、茗は驚くより先にちょっと呆れてしまう。それから、潤はなんてズルイのだろうと少し彼が憎らしくなった。自分たちより早く生まれていただけなのに、抄に関するあらゆるオイシイところを、全部持っていかれたような気がする。

しかも、彼が独占しているのは過去ばかりではないのだ。

複雑な思いにかられて茗が言葉を失っていると、ロビーの方で人の気配がした。客の誰かが帰ってきたのかと厨房から出た茗は、莉大と見慣れない男が仲睦《むつ》まじげに立っているのを発見して面食らう。どう見てもただの友人同士ではない雰囲気に戸惑っていると、ついてきた潤があっさりと「ああ、ヨリが戻ったんだ」とコメントした。

「ヨ……ヨリが戻ったというと、それは、つまり……」

「そっか、茗には言ってなかったな。莉大な、同棲中の彼氏とケンカして、そんで俺を頼って家出してきたんだよ。そしたら、その彼氏ってのが偶然、抄の元同級生だったわけ」

「はぁ……恋人……」

裕の恋愛を皮切りに、ついにはバイトくんまで……となると、これから『小泉館』は一体どうなってしまうんだろう。考えると、少し怖い事態だ。やはり、ここは自分が美百合と結婚してバンバン後継ぎを作るしかない、と決意を新たにする茗だった。

「あ、いらっしゃいませ」

エマの元気のいい声がして、レストランにまた新しいお客が入ってくる。潤は銜えていた煙草を手早く携帯灰皿でもみ消すと、仕事に戻るために椅子から立ち上がった。

「待てよ。肝心なことが、まだ解決してないじゃんか。抄兄ちゃんを、捜しにいかないと。なぁ、潤兄ちゃんだって心配だろう？　もともと、兄ちゃんが原因なんじゃゃないのかよ？」

「……全速力で、走って逃げたんだろ。そう心配することもないと思うけどなぁ」

「潤兄ちゃん！」

「あれ、おまえ意味が通じちゃったの？」

「……いや、それは……その……」

「…………」

「抄兄ちゃん、なんか色っぽかったんで……」

思わず真っ赤になる茗に、潤は真面目に感心したようだ。腕を組んで深々と頷きつつ、

「やっぱり、茗は賢い。小泉家の期待の星だ」と、一人で勝手に納得したりした。

「潤さん、ちょっと厨房に早く戻ってよ。オーダーが入ってるんだからっ」

なかなか厨房へ向かおうとしない潤に、怒ったエマがレストランから飛び出してくる。茗の様子が変だったので遠慮してくれていたのだが、それもそろそろ限界らしい。下手に逆らうと面倒なので潤が「悪い、悪い」とにこやかに謝ると、彼女はいかにもついでのようにポケットから「はい、これ」とボロボロのハガキを取り出してきた。

「夕方、潤さんも抄さんもいなかったでしょう？　郵便が来てたから、保管しといたの」

「お、サンキュ。エマも、すっかり我が家の一員だよな」

「お世辞はいいから、早いとこ、仕事に戻ってちょうだい」

満更でもない顔をして、エマは格好良くくるりと踵を返す。小ぶりでキュッと上がったヒップに茗が目を奪われていると、ハガキを読んでいた潤が不意に厨房服を脱ぎ出した。てっきり仕事に戻るのかと思っていた茗はエマのヒップどころではなくなり、慌てて潤のシャツの裾を強く引っ張る。

「な、何してんのさ、潤兄ちゃん。仕事は？　いいのかよ？」

「予定が変わった——いや、決定した」

「はぁ？」

何が何やらまったくわからず、きびきびと身仕度を整える潤に茗は啞然《あぜん》とするばかりだ。彼がそのままレストランから出ていこうとしたので、「抄兄ちゃんを、捜しにいくのか？」と尋ねてみたが、すかさず「違うよ」と否定され、なんだ……とガッカリする。すると、続けてこんな言葉が潤の口から飛び出した。

「あいつを、口説いてくる」

今夜は一際、教会の廃墟ぶりが際立っている。

それもこれも月が明るすぎるせいで、シルエットがくっきりと夜空に陰影を作ってしまっているからだ。抄はかつて潤とアイスを齧《かじ》り、二度目のキスを交わした桜の木の下で、映画のセットめいた風景をなんということもなくボンヤリ眺めていた。

「……まったく、バカじゃないのか、僕は」

考えうる中で、恐らく最悪の行動をやらかした自分に絶望的な気分になる。茗とのやり取りを何度も思い返して自己嫌悪になってもみたが、それで事態が好転するわけではもちろんなかった。むしろ、単に落ち込みがひどくなるだけでなんの慰めにもならない。

きっと、今頃ホテルでは茗が「どういうことなんだ」と潤へ詰め寄っているに違いない。

そこで、もしも潤がいつもの調子で軽々しく真実をぶちまけてしまったりしたら、それこそ何もかもがお終いだった。潤もそこまではしないと信じたいが、時々こちらの想像を超えた行動を取ってしまう男だから、どんな事態だって起こりうる可能性がある。

「こんなことなら、逃げ出さないできちんと話すべきだったな……」

これで何十回目になるかわからない繰り言をまた呟き、抄はハァ……と肩を落とした。

今夜は月明かりのお陰で、壊れた窓から教会の内部まで窺い知ることが出来る。そこに壊れたオルガンの残がいを認めた抄は時の流れをしみじみと思い知り、いつか今夜の出来事もこうしたスクラップになるのだろうかとふと思った。

そういえば、ここで潤と会う時はいつも教会からオルガンが聴こえていたっけ。

潤がオルガン奏者の美女にご執心だったから……と、この間の夜も彼と話したが、真実はそうではないことを抄は知っている。最初だけは本当に美女目当《た》てだったらしいが、二度目からは違っていたのだ。潤は勘が鋭いし、人の心を読む術《すべ》にも長けているが、それだけで抄の全てを見抜けたわけではない。彼はいつも抄を見守り、理解しようと努めていてくれた。だから、困ったことや辛いことがあった時、ここで出会うことが出来たのだ。

「潤さん……」

「呼んだか？」

突然返事をされたので、抄は死ぬほど驚く。慌てて声の方向を振り返ると、そこにまぎれもなく潤本人が立っていた。一瞬、過去に戻ったのかと目を疑ったが、幻でも残像でもなく本物の血の通った潤がこちらを見ている。その笑顔は、昔とまったく同じだった。

「潤さん……ど、どうしたんですか。レストランは……」

「おいおい、いきなり現実を突きつけんなよ。ほら、アイス」

「で、でも……」

「いいから、いいから。ここまできたら、まず食うしかないでしょう」

抄の戸惑いを軽く無視して、潤はいつかと同じソーダ味の青いアイスを手渡してくる。季節外れのアイスを抱え、抄はまだ信じられない気持ちで潤を見つめていた。少しでも視線を逸らしたら消えてしまうのではないかと思うと、瞬きすらするのが怖かった。

潤はそんな抄の眼差しには無頓着にアイスの袋を破ると、勝手に一人で食べ始める。微かに氷を齧る涼しげな音が聞こえ、それは今夜の満月にとてもよく似合っていた。

「なんだよ、食わないのか？　おい、チーズの代わりにアイスがダメになったとかって、そういうのはナシだぞ。俺、ジェラートはともかく氷菓子は作ってやんないからな」

「そ、そんなに急《せ》かさなくても食べますよ。……いただきます」

「そうそう。素直が一番だ」

ためらいがちに抄がアイスを口にすると、潤はやっと満足そうな顔になる。シャリシャリと氷の音が響くたびに、頑固に居座っていた胸のつかえも溶けていくようだった。

先に食べ終わった潤は、木の幹に凭れかかると夜空を眩しそうに見上げる。何度見ることがあっても、それは不思議な癖《くせ》だった。まるで月以外の見えない何かを、そこに求めているようだ。混ざり気のない表情を彼が浮かべるのは、決まってこんな時だった。

「……俺、今でも覚えているよ。抄が、初めて『小泉館』へ来た日のこと」

「どうしたんですか、唐突に」

「おまえ、俺を見て泣きそうになっただろ。でも、泣かなかった。あの一瞬が、抄の全人格を象徴的に表しているよな。確か、裕が四歳で茗なんか一歳にもなってなかった。一度に三人も弟が出来て、俺の気分はいきなり保父さんさ」

「僕、時々思うんです。小泉の父さんと母さんは、本当に太っ腹な人たちでしたよね。偶然乗り合わせた観光バスで親しくなったからって、その人たちの子どもを引き取るなんて」

「これも、巡り合わせたと思ったんじゃないか？　同じバスに乗って事故に遭い、おまえらの両親は亡くなったのに自分たちは掠り傷だ。しかも、運が悪いことに孤児となった子どもを引き取る親戚は出てこない」

「運良く……ですよ」

綺麗な微笑を浮かべて、抄は訂正した。

「そうでなければ、この街へ来られませんでした」

「俺にも会えなかったしな？」

「そうですね」

冷やかしのセリフに大真面目に答え、面食らっている潤へ再び微笑みかける。

「――潤さんに、会えませんでした」

次の瞬間、抄は潤の腕の中にいた。

息が止まるほどきつく抱きしめられ、弾みでアイスの欠片が下へ落ちる。夜風に混じる仄かな煙草の香りに包まれ、潤の体温が温かく流れ込んできた。

「潤さん……」

身動きすることすら叶わず、ただそこに立っているのが精一杯の状態で抄は目の眩むような幸福を全身に受け止める。言葉は必要なく、好きだと思うだけで心が満たされた。腕の力が僅かに緩んだ後、少しだけ身体を離した潤は改めて唇を重ねてくる。初めは戸惑ったその冷たさも、それが潤のものであるというだけで、この世で一番愛しい温度になった。

「……今度は、ソーダ味だな」

「言うと思っていましたよ。底が浅いですね、潤さん」

「おまえは、ずいぶん機嫌が直ったみたいだな？」

へこたれずに言い返してくる子どものような潤を見つめ返し、抄はくすくすと笑い出す。半時間前まで死にそうだった気持ちは、見事なくらい復活をしていた。

「おまえね、笑ってる場合じゃないんだよ。可哀相に、茗の奴がオロオロしてレストランにやってきたぞ。あいつはなぁ、しっかりしてるようでもまだ子どもなんだから、無用な心配をかけるんじゃない。それに、いくらなんでも〝出ていく〟ってのは唐突すぎるだろうが。莉大だって、家出の決心を固めてから実際に実行するまで一ヵ月はかけてるんだぞ？」

「その間、毎日青駒まで来ていたんですよね。潤さんに相談するために」

「お、可愛いな。それは嫉妬か？　よし、許す。どんどん言いなさい」

「……そうやって、ふざけないでください。僕だって、妬《や》く時ぐらいあります」

「…………」

珍しく素直な言葉が唇から零れ、これには潤もちょっと驚いたようだ。彼のような天邪鬼は正攻法に弱いのか、なんと僅かに目元を赤らめている。可愛いのはどっちなんだと嫌みを言ってやりたくなるくらい、その表情は抄の胸にぐっときた。

「成る程ねぇ……」

再び木の幹に背中を預け、潤は何やら思案している。「してやられた」と悔しがっているのかと思ったら、「おまえ、カノジョとかいた？」と全然違うことを言い出してきた。

「な、なんなんです、その話題の飛び方は。僕に恋人がいたら、どうだっていうんですか」

「あれ、ホントにいたのか？　けど、少なくとも俺が戻ってからはいないよな？　まぁ、まさか一度も他人と付き合った経験がないということもないだろうし、実際のところどうなのかと思ってさ。兄としては、いろいろ責任もあるじゃないか」

「は？　そんなもの、感じてくれなくてけっこうです」

「だって、愛しているんだから。責任、あるだろ？」

「愛……」

ごく普通にさらりと言われたので、何かの聞き間違いかと祥は思う。

「愛してる……って、潤さん……」

「ん？」

「それ、僕のことですか……？」

「ここで他の誰かだったら、俺はおまえに刺されても文句はいえないな」

潤は明るく笑い飛ばしたが、瞳はちゃんと真剣だった。そうして指をそっと伸ばし、抄の手を強く握りしめると、もう一度今度はやや深みの増した声音でくり返す。

「愛してるよ、抄。この言葉を使ったのは、この世でおまえ一人だけだ」

「そっ……それは……嘘ですよ」

「嘘？　なんで？」

「だって、潤さんはイタリアの女性と駆け落ちをして……。他にも、たくさん恋人がいたじゃないですか。いっぱい恋をして、何度か同棲もして、国籍もさまざまで……」

「あのなぁ」

際限なく続きそうになったセリフを、潤が呆れたように遮った。

「だから長続きしなかったんだな、と普通はそう解釈するもんだぞ？」

「本当に……言わなかったんですか」

「言わなかった」

「それは……」

それは、いくらなんでも付き合った女性たちが気の毒だ。咄嗟《とっさ》にそう思ったが、生まれて初めて向けられる愛の言葉の前には、なんの歯止めにもならなかった。愛しているという響きに実感が湧いてきた頃には、抄の頭はもう潤のことでいっぱいになる。

抄はおずおずと取られた右手を握り返し、果たしてどんな声で答えれば嬉しく思ってくれるだろうかと、戸惑う心で懸命に考える。いつでも潤と二人でいる時は、足をすくわれるような淡い危機感があったが、こんなにドキドキしたのは初めてだった。

——と。

「〝僕は、潤兄さんが大好きです。世の中でいちばん、好きな人です。潤兄さんも僕を好きになってくれたら、どんなに嬉しいかと思います〟」

「え……？」

「〝でも、そのためにはここの家の子になるのは良くないかもしれません。潤兄さんはいつも出かけていて、外の友達の方が好きみたいだから。それに、兄弟になると弟たちの方が甘えたがるので、僕は潤兄さんと二人きりで遊べません。いろいろ不自由を感じます。焼きもちも焼いてしまいます。とても自分が嫌になります〟」

「潤……さん……」

それきり、抄は言葉を失ってしまう。

潤が口にしたのは、誰一人として知る者のない過去の自分が書いた言葉だったからだ。

「潤さん……どうして、それを……」

「日記は、ちゃんとしまっておくように。園児だった裕が弄《いじ》っていたのを俺が見つけたからいいものの、親父たちに読まれていたら絶対に泣かれたぞ。ま、俺もつい読んじゃったんで偉そうなことは言えないけどな。まさか、ああいう内容とは思わなくて……」

潤が諳《そらん》じた文章は、もう存在しないページの一片だ。彼が家出をした日に破り捨て、ゴミとして処理してしまった幼い呟きの中の一つだった。

それを、事もあろうに潤自身に読まれていたなんて夢にも思わなかった。

「……まずいと思ったんだよ。おまえがなんとなく我が家に馴染まないのには、そういう気持ちがあったってわかって、完璧やばいと思った」

「……すみ……ません……」

「いや、おまえは悪くないって。ただ、その……」

「え？」

「俺が好きだから兄弟でいたくないって発想は……すでに恋じゃないか。子どもの〝好き〟

なら同じ家にいられて嬉しいって続くところを、おまえは不自由だって書いている。まだ十三歳なのにだぜ？　なんて子だろうと思ったよ」

「………」

「でも、もっとまずいことがあったんだ」

非常に決まりの悪そうな顔になると、潤はふいと横を向いてしまう。次には何を言われるのか予想もつかなくて、抄はただ祈るような思いで繋いだ手に力を込めた。

「――嬉しかったんだ」

「………」

「抄の気持ちを知った時、確かに嬉しいと感じたんだ。それ、かなりまずいだろう。いくら綺麗な顔していても、相手は中一の男の子なわけだから。俺さ、しばらく落ち込んだよ。なんだか、自分がひどく危ない人間に思えてきて、このままじゃダメだってかなり悩んだ。俺の人生で、あんなに悩んだのは恐らくあれが最初で最後だよ。でも、結局どんなに考えても答えは出なくて……逃げることにした」

「じゃ、家を出た原因って、もしかして僕だったんですか？」

信じられない告白を聞いて、半ば呆然と抄は問い返す。

潤を想う気持ちが逆に自分と彼とを遠ざけていたなんて、想像さえしなかった。彼からの置き手紙を見つけた時、抄はどうして両親ではなくわざわざ自分に宛てて書いたのだろうかと不思議だったのだが、それにはちゃんと理由があったのだ。

「でも、じゃあどうして……」

「前にも言っただろう。帰ってきたのは、『小泉館』を潰したくなかったから。口説いたのは……もういいだろ。おまえは小さな中学生じゃないし、でも相変わらずすっげぇ綺麗だったし、なんといっても……まだ、俺に惚れていたからな」

いけしゃあしゃあとそんな口をきいて、潤はようやく抄の方を振り向いた。

「そういうわけで、俺は現在ここにいて抄とキスをしているわけだ。この二年間、いつ口説こうかって考えていたんだけど、『小泉館』も軌道に乗ってきておまえも俺に少しずつ慣れてきたから、そろそろ頃合いかなぁって思ってさ。茗が高校に上がるまでは、と俺なりに自制もしていたしな」

「茗くん……」

「おっと」

茗の名前を聞くなりまた暗い顔になる抄に、潤は急いで話をつけ加える。

「言っておくが、俺がここまで来ておまえを口説くの、ちゃんと了承取ってるからな」

「了承って、まさか茗くんのですか？」

顔色を変えて潤に詰め寄ると、彼は余裕の表情で「甘い、甘い」と笑った。何がどう甘いのかと混乱していると、潤は端が折れて薄汚れたポストカードを差し出してくる。それがエアメイルなのは、すぐに抄にもわかった。

「これは、もしかして……」

「俺は、口説くっつったら絶対に口説く。だから、そのための根回しなんかとっくにしているさ。抄が俺に惚れているのは確かなんだし、障害があるとすれば生真面目で弟思いの性格くらいだろう。まず、そこをクリアしないとな」

「まさか……まさか潤さん……」

「けど、さすがシチリアだよなぁ。本土みたいなわけにはいかなかったか。消印、見てみろよ。裕がカルタジローネで出した時よりずっと前だぜ。日付からいくと、これは……飛行機で書いて、パレルモで投函している。てことは、つまり俺が〝抄に惚れてる。これから口説いていいか〟と打ち明けてから、あいつはすぐ決心してくれたってことだ」

渡されたハガキには細かい文字でびっしりと、潤から打ち明けられた後、裕がどんな心境だったかが丁寧に書かれている。その文章は控えめで優しい温かな愛情に溢れていて、どこを読んでも涙が出てしまいそうだったが、何より最後の一行に抄の目は釘づけになった。

『……抄兄さんは、潤兄さんが好きだと思う。それは、一番大事なことだよね』

一番大事なことなのに、自分が一番最後に気づくなんて。

気がついたら、ハガキを握りしめたまま抄は背中から潤に抱きしめられていた。

「裕くんと、いつの間にこんな……。ずるいですよ、潤さん……」

「茗とも、だぜ。屋上で月見をした晩に、いい機会だから話をしたんだ。でも、驚いたな。あいつ、もう知ってたよ。美百合が教えてくれたって言ってたけど、言い草が良かったな。抄が俺を好きなのはわかったけど、俺が誰に惚れてるのかはわからなかったって。そりゃ、そうだろうさ。弟たちへの根回しが済むまでは、俺がマジだって抄に悟られたくなかったからな。そうでないと、おまえ絶対に逃げ出していただろ」

「そんな……」

「い〜や、今日みたいに逃げていたね。今回のことで学んだよ。抄は気丈でしゃんとしているが、土壇場に弱いんだな。うん、それだけは確かだ」

まったく色気のないセリフも、潤は耳元で囁くようにしゃべり続ける。お陰で息が首筋にかかるたび、甘い刺激が抄の身体をざわつかせて困った。

「潤さん……さっきの話ですけど」

調子に乗った潤の指がシャツのボタンにかかりそうになったので、抄は急いで口を開く。出来ればあまり言いたくはなかったが、このまま彼のペースにハマってしまうととんでもない展開が待っていそうだったので背に腹は代えられなかった。

「恋人っていうと語弊がありますが、短い期間だけ付き合った女性ならいましたよ」

「あ、やっぱりな。おまえ、初めてじゃなさそうだったし」

「大きなお世話ですっ。それで、相手の女性ですけど……潤さんの知っている人ですよ」

「なんだって？」

効果てきめん、ぴたりとボタンにかかった指が止まる。抄は短く溜め息をつくと、覚悟を決めて教会の窓に浮かび上がるオルガンの残がいに視線を送った。

「あ、おまえ、まさか……」

「……彼女、駆け落ちに失敗して戻ってきたんです。潤さんが家出した後で、『小泉館』へも訪ねてみえたんですよ。それから、結婚してイギリスへ行くまでは人目を避けてひっそりと暮らしていました」

「それにしたって、年が違うだろう。彼女、俺より年上だったぞ？」

「茗くんと美百合さんだって、十歳違うじゃないですか。それに比べたら、僕と彼女は七歳くらいですから。でも、恋人として付き合ったっていうのとは少し種類が違います」

「…………」

「潤さんが……」

「なんだよ？」

「……潤さんが好きだった人なので、興味があったんです」

素直に告白したら、潤が脱力したようにガックリと肩に顎《あご》を乗せてきた。

「マジかよ……。うわ、それは想像もしていなかった。やられたなぁ」

「昔のことですよ。僕、中学生でしたし」

「ますます、ショックだ。こんなことなら、いたいけな頃にやっておけば良かった」

「何、バカなこと言ってるんですかっ」

「いや、マジで」

妙に真剣な声を出すと、潤はゆゆしき問題だと言いたげに抄へ嘆いてみせた。

「俺たち、これで本当に兄弟じゃないか。なぁ？」

◆◆◆　エピローグ　◆◆◆

九月最後の日曜日、空は気持ち良く晴れ渡り、風はすっかり秋の色になっている。

いつものように、抄は看板息子と呼ばれるに相応《ふさわ》しい優雅な笑顔で最後の宿泊客を見送った。これで、宿泊客のピークは一応の終わりとなり、今週いっぱいは一組予約が入っているのみでのんびりした日々がまた始まる。その一組というのが、今日帰国することになっている浩明だった。裕を送りがてら、しばらく『小泉館』に滞在する予定らしい。

「……あ、もう十時じゃないか」

抄は時計に目をやると、慌ただしく厨房の潤の元へ走っていった。

「潤さん、何サボってるんですかっ。お昼には、裕くんと浩明さんが着くんですよ。きっとお腹を空かせているからって、昨日もあれほどお願いしといたじゃないですか」

「イタリアから帰ってきて、何も真っ先にイタリア料理食わなくたっていいじゃないか。あいつらも、きっとそう思っていると思うけどなぁ」

「気は心ですからね。歓迎の気持ちを、潤さんの手料理で表現してくださいよ」

テーブル席で煙草を吹かしていた潤は、いつもなら説教が始まるところなのに……と、意外そうな目をこちらに向けてくる。しかし、今日の抄は機嫌が良かったし、潤とケンカしている時間の余裕もなかったので、さっさとロビーへ戻ってしまった。

もうすぐ、莉大が榊を連れて『小泉館』へやってくる。残念ながら清掃のバイトはもうしていないが、裕が帰国すると聞いて会いにくるのだ。一時は榊の見合いの件でゴタゴタしたが、結局は見合いもその場で先方が断ってきたという新事実を知って、仲良く元のサヤに収まったらしい。

『信じられないよっ。その女、和臣との見合いの席で〝私、好きな人がいるんです〜〟って、いきなり泣き出したって言うんだぜ？　しかも、和臣がまたお人好しで、ずっと恋愛相談に乗っていたっていうんだから呆れちゃうよ。無理やり見合いの席に引っ張り出されたのに、優しいのもほどほどにしろっていうんだ』

電話口で莉大は憤然と鼻息も荒く毒づいていたが、榊との生活は順調なようで愛情たっぷりな毎日を送っているという。彼は『小泉館』と青駒の街がやたら気に入ったらしく、こっちへ引っ越してきたいらしいが、榊の両親が二人の仲を認めていないため、長期に亘《わた》る説得が必要だと言っていた。

『でも、息子の同棲相手が身寄りのない男じゃ、俺が親でも反対するからね。ま、気長に頑張るつもりなんだ。せっかく、和臣が正々堂々としようって言ってくれたんだし、もうつまんない誤解でケンカしたくないからさ。俺も、これから裕を見習うよ』

屈託なく笑う莉大だったが、抄は裕と莉大が大学の同級生だという事実を知って最後まで引っかかっていた謎がようやく解けた思いがした。

　莉大は榊が見合いをすると聞いて当日は店の前をうろうろしていたのだが、たまたま同じ時に浩明と裕がその店で食事をしていたらしい。事情を知らない裕は店を出たところで莉大へ気軽に声をかけ、それがきっかけで彼らは親しくなったのだ。その時に浩明が一緒だったこともあって、莉大は裕が自分と同じ立場にあることをすぐに察し、互いの恋愛についても相談し合える仲になった。

　ところが、裕はシチリア行きがあって莉大が一番辛い時に側にいてやれなくなったので、「相談相手になってあげてほしい」と一番身近で頼れる大人（どうして、それが潤なのかと抄はそこだけは疑問なのだが）へ頼んでいったのだ。可愛い弟の頼みを潤は快諾し、莉大と気が合ったことも功を奏して、二人の付き合いも始まったのだった。

「ミャア」

「あ、マウス」

　ロビーに出てきた抄を、先刻まで昼寝していたマウスが迎えにくる。ようやく『小泉館』がのんびりした雰囲気を取り戻したので、そろそろ抄にも甘えたくなったのだろう。

　マウスを抱き上げて、「今日は、おまえの好きな裕くんが戻ってくるぞ」などと話しかけていたら、階段から茗が慌ただしく駆け下りてきた。ただでさえ建物の老朽化が著しいというのに、静かに上り下りするということが出来ないのだろうか。

（……と。人のことは、言えませんでした……）

つい先日、何年ぶりかで全力疾走したのを思い出し、抄はちょっと赤くなる。あの時は夢中だったのだが、実は後で身体にしばらく鈍痛が残ったのだ。潤があまり乱暴な抱き方をしなかったのでさほど辛くないと思っていたのだが、やはりツケは払わされてしまった。

「兄ちゃん、今何時っ？　やばいよ、寝坊したっ」

「十時ですけど……。美百合さんは、何時に駅に来るんですか」

「十時半。でも、早めに出て先に花屋へ寄ろうと思っていたんだ。チャリでぶっとばせば、間に合うかな。そうだ、小林《こばやし》さんのバイクに乗せてもらおっか？」

小林さんとは、例の屋上で体操を日課としていた『小泉館』の宿泊客の青年だ。彼は国内をバイクで回るのを趣味としている人で、すでに一昨日チェックアウトを済ませて出発しているのだが、今日の裕の歓迎会に合わせて今朝早く戻ってきている。だから、多分外でバイクの整備などをしている筈だ。その旨を伝えると、茗は「ラッキー！」と叫んで出ていってしまった。

「驚いたな。ずいぶん仲良くなったものですね……」

「……ミャッ」

やれやれと見送った直後、胸からマウスが突然飛び降りる。どうしたのかと思ったら、レストランから潤が出てきたのを目敏く見つけたらしい。潤と抄が恋人同士になってからというもの、マウスと潤の緊張関係は激化の一途を辿《たど》っているようだ。

「なんだぁ。相変わらず、可愛くねぇなっ」

「潤さんがそういう態度だから、いつまでもマウスがなつかないんですよ。ところで、料理は万全ですか？　今日はエマちゃんもお客様なんですから、当てにしちゃダメですよ」

「……ふん。ランチも休みだし、俺一人でも楽勝だよ。ああ、これでまた客が減る……」

「その代わり屋上をご近所に開放しますから、きっと皆さん食べにみえますよ。この間、いきなりレストランの仕事をすっぽかしたお詫びにね」

だから料理はたくさん必要なんです、と念押しをしている最中、よく動く唇に誘われたのか潤が唐突に短いキスを贈ってきた。

潤が「口説く」と宣言してレストランから出ていってしまった後、当然ながら店は大混乱だった。茗は今でもその時の状況を恩着せがましく語っているが、たまたまロビーにいた小林が調理師免許を持つ「さすらいの料理人」だったので、助っ人に入ってくれたのだ。ドアに閉店の看板を出し、エマと茗がオーダー済みのお客様にお詫びを入れて別のメニューを注文し直してもらい、なんとか事なきを得ることが出来た。そのため今日の潤は最下層、小林はもちろん『小泉館』のＶＩＰ扱いである。

「それで、茗のアシ代わりに使われてりゃ世話ないよな？」

「潤さんっ。元はといえば、あなたがですね……」

「元はといえば、君が飛び出していったからだろう。ま、そのお陰で小林青年と茗は仲良くなったみたいじゃないか。これで常連客も増えたよな。めでたし、めでたし」

「……潤さん……」

なんでも自分の都合のいいようにもっていってしまう、超絶に楽天的な男。

そんな彼をたった一度でも家出するほど悩ませたなんて、もしかしたら自分は物凄いことをしたのかもしれない。胸でこっそり呟きながら、抄は改めて傍らの潤に身体を寄せた。

「……裕くんが、帰ってきたら」

「ん？」

「ちゃんと〝ありがとう〟って言いたいんです……」

ポツリと抄が打ち明けると、返事の代わりに「よしよし」と頭を撫でられる。マウスがどこかで抗議の声を上げていたが、恋する二人の耳には生憎と届いていないのだった。

もうすぐ、『小泉館』は再びお客で溢れかえる。

帰国した裕と浩明、仲直りした莉大と榊。発展途上の茗と美百合は、果たして上手くいくのだろうか。本日のランチを食べ損なったご近所の人々は、美味しい料理と見目良い小泉家の兄弟を目当てに、きっと大挙してパーティに押しかけてくるだろう。エマや小林も、酔い潰れるまで飲むと早くも宣言している。

やがて、潤がひそやかに唇を動かした。

「〝抄兄さんは、潤兄さんが好きだと思う〟」

それは、イタリアから遅れて届いた裕のハガキの一行だ。

「……裕くんは、鋭いですね。その通りですよ」

「〝でも〟」

「え？」

「〝潤兄さんも、抄兄さんが大好きだけど〟」

続けて創作された潤の言葉に、思わず抄は笑い出してしまった。


お互いが、お互いを好きでいること。

それは、一番大事なことだよね。

すれ違いの満月

夜空に浮かぶ月のように、どうしても手の届かない人。

そんな比喩は昔から使われているが、弟の抄《しょう》を見るたびに潤《じゅん》はしみじみとその言葉を実感する。もちろん、現在の自分たちは恋人同士だし、抄が自分に惚れているのは疑いようもない事実だ。大概の無理難題は（主にベッド関係だが）、潤の口の上手さや強引な性格もあって渋々ながら受け入れてくれる。しかし、それでもやっぱり前述のような印象は拭えない。

「……ん……」

注がれる視線を感じたのか、眠る抄の眉間に皺が寄った。顔をしかめても、その美貌は欠片も曇らない。幼い頃から抜きん出て容姿の優れた子だったが、俗世間から切り離されたような『小泉館《こいずみかん》』の空間が、そのまま彼を一番綺麗な姿に止めている気がした。

――なんてな。

まだ夜の明けきらない寝室で、何を詩人のように浸っているのか。先ほどからベッドに上半身を起こし、ゆっくり味わいながら煙草を吸っていた潤は自分に苦笑した。こんな柄でもない感想は、どう考えても以前の己からは出てこなかった発想だ。

潤は叶えられない夢は見なかったし、徹底した合理主義者だった。一見ムチャクチャな言動を取る時でも、そこには必ずきちんと計算が働いている。十代の頃に家を出たのも、自分へ想いを寄せる抄から逃げるためではなく、到底ハッピーエンドは望めないだろうという未来が見えていたためだった。

(それなのに、物事には何でも例外ってもんがあるんだなぁ)

悲しませるよりは、憎まれていた方がマシだろう。

そんな気持ちで小泉家と一度は縁を切ったつもりだったのに、抄は傍らで安らかな寝息をたてている。曖昧で幸福な時間。ハッピーエンドは、叶えられない夢ではなかったのだ。

(例外で予想外で計算外。おまえに関しては、その連続だな)

くすりと再び笑みを零《こぼ》し、潤はそっと抄の髪に触れた。切るなよ、と戯言《ざれごと》めいて口にした言葉を彼は忠実に守り、気まぐれな呪いにかけられたように長く伸ばし続けている。両親の死をきっかけに戻った潤は、まずその事実に戸惑った。褪《あ》せない抄の想いにではなく、それを嬉しいと感じた自身への戸惑いだった。それでも『小泉館』に留まるのなら、もうこれは腹を括って未来を変えるしかないと思った。

(ま、何だかんだで二年はかかったけど)

俺たちは、驚くほどロマンチストだ、と可笑《おか》しくなる。互いに、何て長い時間を片想いに費やしていたのだろう。だからこそ、その分も大切にしたいと願った。潤はそれを生涯の野望にするつもりだし、抄の抱える憂いは自分が与えるものだけでいいと思っている。

それなのに、やっぱり恋人は遠い人だった。

どうしてそう感じてしまうのか、潤にもよくはわからない。だが、腕の中に彼を抱いている瞬間でさえ、完全に自分のものにしたとは言えなかった。こんな気弱なことを考えているとは誰も想像していないだろうが、永遠に届きそうにない抄との距離を存外、潤は疎んじてはいなかった
「潤……さん？　どうしたんですか？」

「ん？　悪い、煙たかったか？」

「いえ、大丈夫です。眠れなかったんですか？」

うっすらと瞳を開き、いくぶん嗄《か》れた声で抄が尋ねてくる。頭の半分はまだ寝ているらしく、いつになく声音は素直だった。こういう無防備な彼を見られるのは特権だと、潤は煙草を灰皿で揉み消しながらしごく満足する。

「何か、勿体なくなってさ」

流れる黒髪を改めて愛でながら、笑顔の下で潤は呟いた。

「おまえ、起きている間はずっと気を張ってるからな。ガキの頃から、ずっとそうだった。肩の力を抜いて芯から寛いでいる顔は、寝ている間にしか見られないだろ」

「そ、そうですか？　自分ではあまり……」

「ああ、マウスと話している時は別だけど。でも、あいつは俺を嫌っているから迂闊《うかつ》に近寄

れないしなぁ。俺、大抵の動物には好かれる方なのにマウスだけはなつかねぇな」

わざとらしく嘆いてみせると、案の定抄は慌てたようだ。いっぺんで目の覚めた顔になり
「きっと、妬いているんですよ。僕、マウスの面倒を一番みてきましたし」と、大真面目に言った。潤は艶やかな毛先に唇を寄せ、笑いを噛み殺しながら答える。

「成る程ね。妬いてるってことは、今おまえの関心は俺に向いてるって意味か」

「え、あ、そ……それはですね」

「………」

「違い……ませんけど……」

渋々と抄は認め、急いで潤から視線を外した。

意地っ張りめ、と心の中で呟き、潤は素早く布団へ潜り込む。寝顔を見ているなんて趣味が悪い、と以前の抄なら真っ先に文句を言っただろう。そういう些細な変化が日々積み重なり、確実に自分たちの関係を変えていく。それを心地好いと感じる反面、微かな不安の兆しに潤は面食らっていた。

「潤さん？　どうしました？」

「え？」

「そんなにきつく抱いたら、痛いですよ。やっぱり、何かあったんじゃ……」

「あ、悪い悪い。加減が狂った」

急いで腕の力を緩め、改めて細い身体を抱き締め直す。どんなに乱れた夜でも眠る時の抄はきちんとパジャマを着るので、清潔な洗剤の匂いが軽く鼻孔をくすぐった。彼が事後にそのまま睡魔に負けたのは、初めて潤に抱かれた時だけだ。同じ屋根の下に弟たちが起居しているので、今では潤も多少の気遣いはしてやっている。

（もしかして、こういう甘さが原因なのか？　いつまでも、こいつを独占している気にならないのは。けど、これればかりはしょうがないよなぁ……）

いくら応援を取り付けたとはいえ、弟たちの心中だって複雑には違いないだろう。潤も、そこまで無神経ではなかった。しかし、奔放且つ自由に生きてきたせいで歯がゆさを覚えるのも正直なところだ。

「あの、潤さん」

遠慮がちに、抄が話しかけてきた。どうした、と目線で問うと、彼は意を決したような強い眼差しでこちらを見返してくる。そうして、控えめだが揺らぎのない声で言った。

「僕は、潤さんが好きですよ」

「え……」

「初めて会った時から、ずっとです。あなたは、ずっと僕にとって特別な人だった。でも、絶対に届かない相手だと諦めていたんです。あなたは見上げればいつでも視界に入る、だけど決して独り占めの叶わない月みたいなものだと思っていました。だから……」

「抄……」

「だから、もし後悔しているなら僕はいつでも……わわわっ」

話はまだ続きそうだったが、潤は溢れる想いのまま抄へ口づける。何を言うかは察しがついたが、悲しい言葉など言わせたくなかった。何より、後悔だなんてとんでもない。今、潤の胸を満たしているのは抄への愛しさと——笑ってしまうほどの幸福感だった。

「ああもう。俺たち、とんでもなく恥ずかしいカップルだな」

「え……え？」

「なまじ初恋を引き摺ってるから、互いにいい年をしてこんなにバカな恋愛してるんだ。だけどな、抄。俺は、今ほど自分がバカで良かったと思ったことはないぞ」

「あの……潤さん……？」

意味がわからず、でもとりあえず自分の杞憂に過ぎなかったと知って、抄はあからさまに安堵している。そんな様子が愛しくて、潤は幾度も彼にキスを贈り続けた。

長い片想いの弊害は、自分たちをとんでもない愚か者に仕立ててしまったようだ。

抱き合っていながら相手を月に喩え、まだ手にした実感が持てないなんて。

「いいんだ、そのすれ違いは一生かけてこれから埋めていくんだから」

重なる唇の隙間から零れる潤の独白に、抄はわけがわからないまま、それでも「そうですね」と笑顔で頷いた。

あとがき

こんにちは、神奈木です。このたびはお月様シリーズ復刻第二弾、『嘘つきな〜』を読んでいただき、本当にありがとうございました。初出時から十年以上もたってしまったなんて、何だか今でもピンときません。それくらい私の中では印象が強く、確かな存在感を放っているキャラたちです。少しでも気に入っていただければ、とても嬉しいです。

さて、前作でも「お兄ちゃん組が気になる」という感想の多かった本作ですが、実は潤と抄の二人は私が高校生の頃に考えたキャラが原型となっています。その時はBL作品ではなかったので二人がくっつく展開はなかったのですが、何しろ根が腐っているもので（笑）そこはかとなく怪しい感じは出しておりました。それが年月を経て、こうして新たな舞台で恋人同士となるまでを書くようになるなんて当時は考えてもみませんでした。なんというか、いろいろあったけど小説を書き続けてきて良かったなぁ、という気持ちです。もし昔の私が知ったら、きっと俄かには信じられなかったんじゃないでしょうか。

そんな風に個人的な思い出もある作品ですが、今回も引き続きしのだ様の素敵なイラストに大変助けられました。特に、表紙のカラーの鮮やかさとマウスのかわゆさ、そして抄の美しさにはうっとりです。作中でも何度も「抄は綺麗」と強調していますが、イメージ以上に抄というキャラを魅力的に描いてくださってとても感謝しております。お忙しい中、本当にありがとうございました。

そうして、お月様シリーズも次がいよいよラストです。今作では潤と抄の仲を引っ掻き回す役回りだった莉大ですが、彼には彼の事情がいろいろありまして。榊と出会い、どんな風に恋に堕ちたのか、その辺りを読んでいただければと思います。秋頃にはお届けできる予定ですので、どうか待っていてくださいませ。

神奈木の近況ですが、先日ようやく人間ドックに行ってまいりました。この商売、何と言いましても健康が基本です。しかし、締め切りを口実になかなか病院まで出向く余裕もなくて、昨年はついメンテ方面が疎かになってしまいました。その分の反省も踏まえて、今年はマメな検診と無理のない運動を心がけていく所存です。やっと花粉症も治まってきましたので、この本が出る頃にはウォーキングなども再開したいなぁと考えています。

今回、本編の他に超短いSSが書き下ろしで入っています。久しぶりに彼らが書けて、私自身も大変楽しく懐かしい気分でした。こちらも楽しんでいただければ幸いです。

ではでは、またの機会にお会いいたしましょう――。

神奈木　智　拝

http://blog.40winks-sk.net/（ブログ）

✦初出　嘘つきな満月…………ラキアノベルズ「嘘つきな満月」（1999年7月）
すれ違いの満月………書き下ろし

神奈木智先生、しのだまさき先生へのお便り、本作品に関するご意見、ご感想などは
〒151-0051 東京都渋谷区千駄ヶ谷 4-9-7
幻冬舎コミックス　ルチル文庫「嘘つきな満月」係まで。

幻冬舎ルチル文庫

嘘つきな満月

2012年4月20日　　第1刷発行

✦著者	神奈木智　かんなぎ さとる
✦発行人	伊藤嘉彦
✦発行元	株式会社 幻冬舎コミックス 〒151-0051 東京都渋谷区千駄ヶ谷 4-9-7 電話 03(5411)6432［編集］
✦発売元	株式会社 幻冬舎 〒151-0051 東京都渋谷区千駄ヶ谷 4-9-7 電話 03(5411)6222［営業］ 振替 00120-8-767643
✦印刷・製本所	中央精版印刷株式会社

✦検印廃止

ISBN978-4-344-82501-7　C0193　Printed in Japan

幻冬舎コミックスホームページ　http://www.gentosha-comics.net

『ハートクラッシュ』
神奈木 智
代議士狙撃犯の陰謀を阻止したことで逆恨みの脅迫を受け、休職を余儀なくされたボディガード・如月花。相棒で恋人のユンとの蜜月を楽しむ暇もなく、復職するため自身を囮に狙撃犯をおびき出すことに。一方、自分の代理におさまったアーネストが、ユンと反目しつつも確かなコンビネーションを発揮していることに、花は心穏やかでなくて……？
イラスト
麻々原絵里依
560円（本体価格533円）